外国名作家文集·威尔斯卷　王逢振 | 主编

探月之旅

THE FIRST MEN IN THE MOON

[英] H.G.威尔斯／著

宋维／译

Herbert George Wells

漓江出版社

图书在版编目（CIP）数据

探月之旅 /（英）H.G. 威尔斯 (Herbert George Wells) 著；宋维译；王逢振主编. -- 桂林：漓江出版社，2022.1
ISBN 978-7-5407-9111-7

Ⅰ. ①探… Ⅱ. ① H… ②宋… ③王… Ⅲ. ①幻想小说 - 英国 - 现代
Ⅳ. ① I561.45

中国版本图书馆 CIP 数据核字 (2021) 第 120800 号

TANYUE ZHI LÜ
探月之旅
［英］H．G．威尔斯　著
宋维　译
王逢振　主编

出版人：刘迪才
策划编辑：沈东子 辛丽芳
责任编辑：胡子博
装帧设计：周泽云
责任监印：杨东

漓江出版社有限公司出版发行
广西桂林市南环路 22 号　邮编：541002
发行电话：010-65699511　0773-2583322
传真：010-85891290　0773 - 2582200
邮购热线：0773-2582200
电子信箱：ljcbs@163.com
微信公众号：lijiangpress
印制：北京中科印刷有限公司
［北京市通州区宋庄工业区 1 号楼 101 号 邮编：101118］
开本：880mm × 1230mm　1/32
印张：7.75　字数：163 千字
版次：2022 年 1 月第 1 版
印次：2022 年 1 月第 1 次印刷
书号：ISBN 978-7-5407-9111-7
定价：46.00 元

[英]H.G. 威尔斯

(Herbert George Wells, 1866—1946)

目录

001 / 前言：难忘的威尔斯 ⊙ 王逢振

007 / 第一章
025 / 第二章
033 / 第三章
043 / 第四章
048 / 第五章
055 / 第六章
060 / 第七章
066 / 第八章
071 / 第九章
081 / 第十章
087 / 第十一章
098 / 第十二章
104 / 第十三章
113 / 第十四章

119 / 第十五章
132 / 第十六章
142 / 第十七章
153 / 第十八章
163 / 第十九章
175 / 第二十章
182 / 第二十一章
196 / 第二十二章
200 / 第二十三章
208 / 第二十四章
225 / 第二十五章
241 / 第二十六章

前言：难忘的威尔斯

西方科幻小说具有漫长而丰富多彩的历史，其根源可以上溯到古希腊罗马的一些推测性著作。但是，作为现代的一个文类，它大体上始于 18 世纪后期同时出现的两次革命：法国革命和工业革命。这些革命的后果之一是复活并改变了乌托邦传统，从空间性转向了时间性，从对地球上某种想象的理想社会的描写转向了对更好的社会模式的思考，并期望通过政治变革在自己所处的社会里实现。科幻小说就是产生于这样一个时刻。它以想象的小说形式，思考社会的变革，思考它的未来，以及科学技术对这种变革可能发生的作用。威尔斯的科幻小说正好体现了这一时代性的变化。

H . G . 威尔斯（H[erbert] G[eorge] Wells, 1866—1946）是英国著名科幻作家，有人把他和法国作家儒勒·凡尔纳称为科幻小说之父。威尔斯出身贫寒，父亲早年做过园林工人，后来开一家小店，很快破产，母亲不得不到别人家去做用人和管家。为了把自己的家庭提高到中产阶层，她便让威尔斯像他的哥哥那样到布店当学徒。1883 年，威尔斯到米德赫斯特一个小学当老师。后来，他获得伦敦师范学校的奖学金，师承T．H．赫胥黎学习生物学。赫胥黎是达尔文进化论和科学人文主义的鼓吹者，对威尔斯产生了重大影响。此后他接着教书，通过自学获得了学位，并在为大学函授学院工作时写了两本教科书（1893年发表）。他热衷于科学报刊，1891年发表了他的第一篇文章《独特性的重新发现》。1893年，他开始经常写一些文章和短篇故事。

他早期最重要的文章是《百万年的人》（*The Man of the Year Million*, 1893）。在这篇文章里，他大胆描绘了自然科学最终会使人改变的情形：人变成了一种怪异的生命，头和眼睛巨大，身体变小，手非常纤巧，永远沉浸在营养液里，并且在太阳变冷之后，被迫退居到地球表面之下。其他早期的文章有《飞人的出现》、《到太阳旅行》（关于太阳系风暴和电磁浪潮的宇宙观）、《可能出现的活东西》（谈到了以硅为基础的生命的可能）和《人的消失》等。这些颇有想象力的作品后来收入《H．G．威尔斯早期科学和科幻作品选》。他早期的故事并无太多的冒险，大多描写人与奇异生命形式的相遇，如《偷窃的杆菌》（*The Stolen Bacillus*）和《奇怪的兰花开放》（*The Flowering of the Strange Orchid*）等。

《顽固的亚尔古英雄》（*The Chronic Argonauts*）是他1888年为《科学流派》杂志写的系列文章，后来他的重要作品《时间机器》（*The Time Machine*）就是以这些文章为基础写成的。《时间机器》勾勒了未来地球生命的进化：人类再分为柔弱的埃洛伊人和野兽似的莫洛克人；两种人最终都消失了，而随着太阳变冷所有已知的生命也都衰败。正如所有经典作品一样，人们永远可以从中解读出新的意义。有人认为《时间机器》反映了当时英国资产阶级的腐朽生活和工人阶级被迫在地下劳动生活的悲惨状况，也有人认为它反映了达尔文的进化理论，还有人认为它表现了追求公正、消除社会偏见和虚伪的愿望，今天更有人把它与生态问题联系起来。无论如何，有一点是肯定的：威尔斯的科幻小说主要关注的是社会问题。这大概也是他的作品被称作社会科幻小说的主要原因。

《摩罗博士岛》以纪实的方式讲述故事。普伦迪克在一场海难中大难不死，登上了一个无名岛。这个岛由摩罗博士控制，整个岛笼罩着一种神秘的氛围。摩罗博士利用尖端的活体解剖技术，从动物中创造像人一样的物种：鬣狗猪人、豹人、半人半兽的猩猩、猪女人、狗人……后来摩罗博士在追逐美洲狮人时死于非命，失去控制的兽人又恢复了原来的兽性。人们一般认为这部小说是一个精巧的恐怖故事，其实它包含更多、更深刻的东西。摩罗博士的实验与小说的哲学框架相互关联，作者在兽人的兽性和人性之间保持着微妙的平衡：在它们最具有人性时，它们又显示出兽性；在它们最具有兽性时，它们又显示出人性。《摩罗博士岛》表明，威尔斯试图综合进化论和宗教观念，展现一种新世纪的新神话：过去野兽本能地适应环境，自由自在地生活；如今它们挣扎在人类的枷锁之中，充满恐惧，永无宁日，受尽无法理解的法则的折磨。这显然象征着现代的资本主义社会。

《隐身人》（*The Invisible Man : A Grotesque Romance*）是威尔斯的又一部经典之作。如英文副标题所表明的，它是一部奇异的罗曼司。隐身人狂热地追求科学发明，但因为贫穷，便去偷去抢，甚至造成他父亲自杀；为了获取权力，他借用隐身术杀人；为了复仇，他丧失了生命。在某种意义上，这是一本关于科学的傲慢带来毁灭的作品。因此，它的基本主题是科学在社会中的作用问题。威尔斯在赞叹科学力量的同时，表明了科学的发展不一定促进社会进步，对科学的利用——造福人类还是危害人类——实质上是一个政治问题。今天，学界非常关注的现代性问题，同样也涉及科学发展和社会发展的关系问题。

威尔斯关于社会问题的描写，更突出地体现在他的《星球大战》之中。奇形怪状的火星人侵犯地球，他们凭借一种巨大的机器，横行无阻，用热光、毒气和火箭杀害所有的人。村庄和城镇被毁灭，伦敦也难逃厄运。他们靠吸食其他动物和人的鲜血为生，不知疲劳困倦，而且无性别之分。火星人征服了人类，成为世界的主人，迫使人类像动物一样生存。但是，由于他们缺乏对病菌的免疫力，最终一下子全死了；而人类因为能够适应地球的环境，继续生存下来。《星球大战》无疑受到进化论和科学人文主义的影响。如果从今天文化研究的角度解读，也可以说它反映了帝国主义和殖民地的关系。火星人象征殖民主义者，他们依靠坚船利炮在非洲和亚洲横行霸道，但最终被驱逐出境。其实，就在小说出版之际，英帝国就为掠夺资源在南非发动了侵略战争。小说把背景设在伦敦，显然具有反讽的意味。小说于 1938 年被美国改编成广播剧，一时间大为流行；1953 年被改编成电影（背景改为洛杉矶），被誉为乔治·帕尔拍摄的最成功的影片；1988—1990 年又被改编成电视连续剧，同样赢得了大量观众。

在《探月之旅》(《最先登上月球的人》) 里，威尔斯的想象力再次凌空翱翔。小说描写科学家加富尔研制成一种能阻挡万有引力的物质，并用它制造出一只飞行球，与朋友贝德福一同前往月球探险。登月后，两人遭遇月球人的追捕，贝德福逃回地球；加富尔不幸被捕，囚禁在月球的地下世界。后来，加富尔向地球发回信息，描绘月球人的身体构造和社会结构。月球人根据各自担任的社会职责，用生物药剂刺激某部分器官畸形发展，如数学家的脑袋硕大无朋但四肢萎缩，警察肌肉发达，邮差腿脚细长，等等。这些奇形怪状的月球人，影射从事各种职业的现代人，抨击资本主义社会劳动分工造成人类的异化。小说惊心动魄的追击场面，严密的逻辑推理，以及瑰丽多姿的月球风光，吸引了大量读者。

《时空传奇》由五个妙趣横生的故事组成。在这些故事里，威尔斯以科幻小说为媒介，试图探索人性的永恒真理。故事发生在史前期的过去，经历了几个世纪的未来。威尔斯以其对维多利亚时期特有的敏感，描绘了关于未来寓意深刻的画面，常常精致入微，甚至在省略的地方也包含某些事件终将出现的意味，令人不得不驰骋自己的想象参与其中。因此有人说，这本书是读者特别是科幻迷必读的作品。

总起来看，威尔斯是一位极富想象力的作家，而且他的想象力以生物和历史可能性为基础，把异想天开的事件提升到艺术领域。因此人们认为，他的最好的作品是科幻小说应该追求的典范。虽然他渴望成为主流著名作家的欲望使他大胆的想象力一度受到约束，但他仍然被认为是英国科幻小说之父，是科幻界的天才。已故世界科幻协会主席布莱恩·奥尔迪斯曾说:“他是科幻界的莎士比亚。”确实,他对后来的科幻小说,尤其美国科幻小说的发展,产生了重大影响。

这里选译的几部作品,在国外均可以称之为长篇小说,就字数而言,或许在中国有些要算较长的中篇,但无论如何,它们是威尔斯科幻作品中的佼佼者,体现了威尔斯作品的主要特点。今天,随着科技的发展,科幻小说正在我国兴起,相信威尔斯的这些经典作品会为我国科幻小说的创作和发展提供有益的借鉴。

科幻小说是充满想象和幻想的作品,因此阅读科幻小说不能采用常规的方法,而应该充分调动自己的想象力,驰骋自己的奇思幻想,唯有如此,才能体会其中的妙趣。

小说的出版得益于沈东子和辛丽芳的帮助,这里谨向他们和责任编辑胡子博致以衷心的感谢。

当然,像任何选集一样,仁者见仁,智者见智,很难摆脱编选者的主观性甚至偏见。我们真诚期待广大读者和方家的批评指正,同时也期待对小说的翻译提出宝贵意见。

王逢振

2020 年仲秋

第一章

在意大利南部蓝色的天幕下，我坐在葡萄架下写作。我突然觉得，参与加富尔先生的这些令人不可思议的探险，是很偶然的事情。如果不是我碰巧和他搭伴，那一定也会有其他人。这真的完全是碰巧。那时候我根本没有料到，我还会经历那么多让我烦心的事情。我去林尼是因为我一直觉得那儿会是世界上最安静的地方。我原本以为，我会找到真正的安宁，也会有时间安心写作。

于是，就有了这本书。人们的计划好像总是要受命运摆布。或许，我该提一下我在工作中所经受的打击。在周遭遍是飞黄腾达的环境里，承认自己的窘境没那么容易。其实，从某种程度上来说，我的失败完全是性格的原因。也许在某些方面，我还是有一定能力的，但做生意我肯定不在行。那个时候，我因为年轻，总是自恃有能力，表现出很骄傲的样子。再过几年，我应该还不算老。但我经历的这些事情确实让我成熟了。当然，这些经历给我的智慧是否会对我的将来有些指引，还很难说。

根本犯不着去猜想我为何偏偏跑去肯特郡的林尼。现在即便在生意场上，冒险也是很普遍的。我就是个爱冒险的人。在冒险中，当然总会有得有失。倒霉的是，我却总是一败涂地。我不愿意再这样下去了。即使我已经很卖力，刻薄的老板还是不买我的账。你也许经受过这种自己的努力被别人践踏的感觉吧。或者，你应该能够体会吧。总之，我确实是被逼无奈。对我来说，除非我甘愿就那样做一个小职员，否则的话，写一个剧本什么的才算有意义。我自以为品位很高，想象力丰富。我真的想为此一搏，可是，命运无常啊。在那个时候，我一直以为，我有生意人的潜质；同样，我也认为我能写出一部出色的剧本。这在别人看来，当然是非常不靠谱的想法。我也知道，人不能放着正经事情不干，总幻想这些听起来好像有万千可能的事情。当然，这很可能只是我的偏见。其实我一直都想着，哪天日子过不下去了，我就写剧本谋生。现在日子确实很难过，我决定开始写剧本。

我很快发现，写一个剧本要远比我预想的费劲。一开始，我觉得十天就足够了。为了去看相中的一个临时寓所，我去了趟林尼。我确实庆幸自己租下了那间小平房，租期三年。我添置了几样新物件，一边写剧本，一边自己煮饭。房东老太本该不会知道我自己煮饭这件事的，但是做饭本身，总是难免会有味道。我自己备有咖啡壶一个，煎蛋锅和煎土豆锅各一个，另有两个专门用来做香肠和熏肉的平底锅。这些物件虽然简单，但已经足够能让我过舒适的生活。人不可能总是生活得很隆重，简单其实也是很好的一种选择。除此之外，我还赊了约十八加仑的啤酒。厚道的烘焙店老板，也天天会送面包过来。我想这应该算不得什么奢靡的生活，只是因为我之前的生活更加困顿。其实，我对烘焙店的老板还是有着歉疚的。他是一个很不错的人。我在林尼的生活，还是有所指望他的。

毫无疑问，如果选择隐居生活，林尼是首选之地。林尼在肯特郡的黏土地区。我租住的小屋离海边峭壁也就咫尺之遥，极目远眺，便是开阔的罗尼沼泽地的浅滩。雨天这个地方根本没法走人。我也时常耳闻，邮差是怎么样在脚上绑着木板才能走过更湿滑的那些路的。虽未亲眼看见，但其中艰难想想便知一二。邻近的房子并不多见，人们用桦树枝收拢成的长扫帚扫去最碍眼的那一层土，这个地区的土质结构也就一览无余了。我真的很怀疑这个地方有任何存在下去的必要。要么，它也就只不过是人们对逝去过往的一些零星回忆罢了。罗马时期，林尼是英格兰很重要的一个港口，黎玛尼港。而如今，四英里以外才是海岸线。沿着海崖，随处可见巨石和罗马时期的建筑。还依稀可辨其一砖一石的华尔特街，像箭一样指向北方。我时常站在这高冈，陷入无尽遐思。我眼前仿佛出现了古时的大帆船、兵团、战俘、军官、妇女、商贾以及像我这样的投机者。繁忙的船埠俨然还是往日的一派熙熙攘攘。可如今，这草坡上只散落着几颗石子，除了一两只吃草的羊以外，就只剩下我自己了。以前的船埠早已不在，沼泽地浸润开一个大大的圆弧，一直通往远处的敦尼吉。零星可见的树丛和中世纪风格的教堂塔楼，也只不过是黎玛尼港衰落下去之后的中世纪小镇的遗迹而已。

远观这片沼泽地，真是美不胜收，这绝对是最令我赏心悦目的风景之一了。敦尼吉大概离这里只有十五英里之遥，就像漂在海上的一叶小舟一般。再向西，便是落日余晖中的黑斯汀山脉。这些山峦有时仿佛就近在眼前，轮廓清亮；有时却又显得氤氲低矮。大多数时候，天气的变化又将这样的景象全然隐没。稍近些的沼泽地被环绕其中的溪流河道辉映出一片片明亮。

透过我书桌的窗户，正好能看见远处山峦的轮廓。也正是透过这扇窗，我第一次注意到加富尔。正当我为写剧本苦恼之时，加富尔进入了我的视线。

已是日落时分，天空泛着淡淡的蓝绿色，安静祥和。暮色中，一个矮小又古怪的人影出现了。这人就是加富尔。

他是一个上身略胖、双腿细弱的矮小男人，甚至走路时都有些颤颤巍巍。他显然已经习惯他的这身行头，板球帽、外套、灯笼裤和长筒袜。我实在搞不懂他为什么打扮那么怪异，因为我从未看见过他骑自行车或是打板球，真是好蹊跷的穿着。他用手在比画着什么，脑袋摇来晃去，嘴里还嘟囔着什么。他发出的声音像是某种电子音。你绝对没有听过哪个人发出过这种声音。他清嗓子的时候，动静也格外大。

因为下了雨，湿滑的路使他的步态越发显得不稳当。他背着光停了下来，拿出一块表，迟疑了一下。然后，他突然转身后退了一下，一脸焦急的样子。他不说话，接着阔步向前走了几步，那双脚出奇的大。大抵是脚底沾了泥的缘故，那双脚真的大得离谱。

这是我在林尼住下来之后的第一天，我写作热情饱满。我只是把这当成一件让我分心的小事情，仅仅耽误了五分钟而已。但是，当第二天傍晚，以及第三天傍晚以及后来的每个但凡不下雨的日暮时分，这样一个人总是准时出现，我实在无法安心写作了。“神经病！你以为你是木偶还是怎么着！”有那么几次，我都忍不住咒骂。

渐渐地，我之前的反感慢慢变成了惊讶和好奇。这个人究竟是在干什么？第十四天的时候，我终于按捺不住。他一出现，我就打开落地窗，径直穿过阳台，走到了他每天站着的地方。

我走过去的时候，他刚刚拿出手表。他的脸有些微胖，面色红润，长着一双棕红色的眼睛。之前我从未这么细致地看清过他的面容。他正要转身，我说：“等一下，先生。”

他看了我一眼。“一下？”他说，“当然可以，如果你愿意和我多说一会儿话，其实都没什么的，让你陪我说会儿话没事吧？”

“一点也不。”我凑过去跟他说。

“我生活很规律。我和别人交谈的时间，很有限。”

“那你这算是出来锻炼？”

“是的，我是来看日落。”

“不是吧？”

“你说什么，不是？”

“我没觉得你是为看日落而来。”

“你真这么想？”

“嗯。我观察你有十三天了，没有哪天我察觉到你是在看日落，真的没有。”

他的眉毛皱了起来，像是遇到了什么问题一样。

“其实呢，我喜欢日光，还有这周围的环境，我经常沿着这条小路散步，穿过那道门。”他晃了晃脑袋，接着说，“在附近转转。”

“你别瞎编了。根本不是这样子。真是一派胡言。根本就没什么路，就拿今晚来说吧。”

“唔，今晚，我想想。天哪！”我看了看表，发现我出来已经过了半小时了，超过了我给自己规定的每天三十分钟已经整整三分钟，“我不打算再转了，打算回去。”

“但是你每天不都在附近晃荡的吗？”

他看了看我，若有所思地说道：“或许你说的有道理，我也在想这个问题。但是我很好奇，你为什么非要和我攀谈呢？”

“你问我为什么？哼！还不是因为你的动静太大。”

“你说什么？”

“我是说你为何非要这样，每天天黑，你都发出这种奇怪的声响。”

“奇怪的声响？”

“就是这样的声音。”我学了学他那种嗡嗡声。

他看着我，很明显，我方才的模仿让他有些不悦。“我真的有那样吗？”他问我。

“每天都他妈的是。”

“哦，是吗？”

他突然停下脚步，神色凝重地看着我。“难道说，”他说，“我已经有了这个习惯？”

“我想是的。难道不是吗？”

他把手放在下嘴唇上，下意识地拨弄着，低下头，看着脚底下的一小洼水。

“我确实可能没有意识到这一点。”他说，“你很想知道为什么吧？是这样，先生，我可以向你保证。我真的不知道我为什么发出了这样的声响，也并不清楚我真的竟这样做了。我在想，也许真像你说的那样吧。但是我其实也没怎么出格吧，这让你感到很烦吗？”

我突然觉得有些怜悯他。“其实倒也不是有多烦，”我说，“但是想想如果你是在写剧本，你会怎么想？”

“我没有写过。”

“那你想想看，任何需要集中注意力的事情。”

“原来是这样。”他说。随即又好似陷入沉思。他的表情很沮丧的样子，我心里又难受了一下。毕竟，去质问你根本不认识的一个路人，问他为什么在路上哼哼，这多少有些太好事的意味。

“其实，”他无力地说，“这只是个习惯罢了。”

“我知道了。”

“我以后不会了。”

“如果这让你很不安的话，其实真的无所谓啦。毕竟，这不关我什么事的。你哼哼那是你的自由。”

“不不不，先生，”他说，“没关系，我真的非常抱歉。以后我会克制不发出这种声响的。我可不可以麻烦你，再模仿下你所说的声响？”

“就是这样，”我说，“嗡嗡嗡……但是，真的无所谓的——”

“真的非常感谢你。事实上，你知道的，我经常会心不在焉，也许这听来特别荒唐。你说的很对，先生，完全是对的。说真的，我真是对你感到很抱歉。相信我，这事儿到此为止了。对了，我们都走了这么远了。”

“我真的希望我的无礼——”

“没有关系的，真的没有关系，先生。”

我们对视了有那么一小会儿。然后我拿下我的帽子，向他道了声晚安。他非常尴尬地应着，我们便各自回去了。

我站在台阶上，回望他远去的背影。他的姿态已经全然不是从前的模样。他显得极为瘦弱，和之前那个嘴里嘟嘟囔囔的他相比，现在的他让我多少觉得有些可怜。我一直看着他，直到他消失在我的视野里。想到我还有需要投注热情的事，我回到房间接着写我的剧本。

第二天，我没有看到他。又过了一天，还是没有等到他的出现。但是他似乎在我脑际已挥之不去。我突然灵机一动，这样一个又敏感又有喜感的人物，大抵是可以被用在我的故事里的。第四天，他来拜访我。

其实，我有疑虑过，他为什么来找我。他的语气冷漠，又显得很正式。突然，他就直奔主题了。他来呢是想掏钱让我腾地方，从我租住的地方搬走。

“你看，”他说，“我没有责怪你的任何意思。但是你破坏了我的习惯，我的日常生活因此陷入混乱。这条路我天天都走，都好几年了。我哼哼这也是再正常不过了。现在这都成了不可能的事情！”

我建议他其实可以走别的路。

“不！没有别的什么路。只有这一条，我已经研究过了的。现在的状况是，每到下午四点的时候，我就觉得真的很抓狂，无路可走。”

“但是，先生，如果这件事对你有这么重要……”

“是很重要。我呢，在做科学研究。我住在……”他停顿了一下，像是在思考一样，又接着说，“就在那儿。”他指方向的时候都险些碰到我的眼睛。“看见那边树端冒出的白烟囱了吧，那房子便是我的。我居住的环境其实有些不同寻常，真的很不同寻常。我马上就要完成一个科学论证了。我可以这么说，这绝对是我做过的最为重要的论证之一。这项工作需要不断地思考，足够的精神上的放松。而下午呢，又恰恰是思维最活跃的时间。新点子在这个时间段最容易迸发出来。”

“那你就接着来嘛！”

“事情已经不是这样了。我会刻意提醒自己，你是在写剧本。我会总想着你在烦躁地看着我，而无法再思考我的论证方案了。不，不行！我要让你腾地方。”

我仔细想了想。很自然，我当然想在做任何决定前有充分的考虑。其实，那个时候我巴不得我能赚些钱。可是，我的担心是，其一，那房子不是我的，即便我以高价卖于他，如果房东听到了任何风声，那我要搬东西时也许会非常不便。其二，我那时候，还一身债务。显而易见的是，操作这样一件事须非常谨慎。其实，他也许在搞一项非常有价值的发明，这本身又让我很感兴趣。我突然想到，何不了解了解他的研究。当然我并没有任何恶意，只是觉得这样也算得上写剧本以外的一种消遣吧。我便试探了一下他。

他显然很愿意跟我谈他的研究。说真的，他一讲起话来真是滔滔不绝，仿佛被压抑了很久那样，像是受够了自己长时间以来的积郁。差不多过了一个小时，我觉得我被他的善谈搞得有些木讷了，就那么呆呆地听着。我可以察觉到他的得意，这种得意往往是一个人在忘记了他必须去做的工作之时的那种得意。我们的第一次会面中，我其实没听懂几句。他有一半以上的词语都是技术性的，这对我来说很陌生。他也会用蘸笔在信封上计算，用数学，被他叫作初等数学的方式阐释他的论点。这其实真的是让我更无法理解。“嗯，是这样。”我应付道，“你接着说！”尽管我心知肚明，他绝不是那样一个随便玩玩什么发明的神经质。尽管他长得那么抱歉，我还是宁愿相信他是货真价实地在搞研究。我估摸着他研究的应该是某种新型的动力机械。他告诉我他有个工作间，还有三个助手，以前都是在干木匠的活计。他教这几个人怎么给他干活。他应该很快就能大功告成了。我愉快地接受了他的邀请，答应有时间去参观他那里。我也随口附和了那么一两句，确定我是要去的。但是他提出的让我搬走的这事我可不能随便答应。

他终于要起身离开了，并为他的打扰向我致歉。向别人谈论他的发明，按他的话说，其实只是偶尔才会得到的一种快乐。找到像我这样智慧的倾听者其实也并不是常有的事，况且他也极少和专业的科学家有什么交集。

“他们都太狭隘，”他解释道，“他们太算计了！其实说真的，我认为谁要是有了非常有新意的点子，我真的不吝与别人分享。但是——”

“我是一个易冲动的人。也许我的提议太草率。但是你应该还记得我独自在林尼写剧本的那十四天，”我一直还对他抱有歉疚，只因那时在意对他的打扰，“但是，为什么边考虑房子的事情，边尝试着多和我交流呢？尽管我的闯入让你有些扫兴。你想做的只是忘我地思谋你的研究，就像你每个下午散步时那样。可不幸的是，你不可能再像以前那样心无旁骛了。所以呢，你可以来找我，告诉我你的想法。你就当我是一堵墙好了，你把你的点子都扔向我，它们会又弹回去，回到你手里。我可以保证，我绝无剽窃你的研究之意。再说了，我也不认识科学家什么的。”

我说到这里，就没有再多说了。他显然是在考虑，这个提议对他有吸引力。“但是，我怕我真的会让你很烦。”他说。

“你是觉得我会那么无趣？”

“不，真的不是那个意思。只是这些纯技术性的东西恐怕——”

“信不信由你，我真觉得我很有兴趣的。”

“当然，这对我肯定是好事。跟别人讲一遍，自己的思路其实也会更清楚。所以——”

“别说了，就这么定了。”

“可是，你真的能抽出时间？”

“换换脑筋是多好的事情啊。”我语气非常肯定。

事情就这么化解了。在我小屋门前的台阶上，他转身，说：“真的很感激你。”

“嗯？”

“你让我改掉了那个该死的走路哼哼的习惯。”

我大概说了句很愿意效劳之类的话，然后他就转身离开了。

我想，肯定是我们方才的交谈让他的思绪回到了从前。我看见他胳膊又甩了起来。风声里依稀又传来他发出的嗡嗡声。

其实，这些根本也不该我管的……

第二天，他又来了。那天之后的一天，他也来了。两天他都是在谈物理，也许他认为这样我俩都满意。他开始滔滔不绝，语句里充斥着大量的像“以太”“力管”“万有引力”这样的词，凡此种种。我坐在折叠椅上，一边听，一边说“你说得很对”，“接着说”，“我在听呢”这样的话，好让他继续讲下去。他讲的内容真的很难理解，我怀疑他其实不指望我能明白多少。有时候，我会觉得我好像有些走神。但是不管怎么说吧，我毕竟还是能暂时逃避该死的剧本。时不时地，我也会觉得我似乎明白了他所讲的东西，但突然，这一切又好像还是扑朔迷离，令人费解。有时，我会完全走神，也就索性只是盯着他看，心想是不是安排他做滑稽剧中的人物并不妥当。当然，我也会回过神稍稍听一会儿。

我一有机会就去了他的住处。他的房子大而且装修精细。屋里没有仆人什么的，只有他的三个助手。他的日常饮食和起居极简单。只喝水，素食，行为自律而缜密。看到他屋里的陈设之后，我心里的疑团被一一解开了。从地窖到阁楼，摆着满满当当的各种仪器，像是在商店一样。这在偏僻的小村子里面，堪称奇异。底层的房间里堆满了凳子和仪器。烤箱和气炉都被改装，用作熔炉。整个地窖被一个发电机占满了。花园里放着一个气压计。他带着我看这些，非常热情的样子。显然，是因为他独自生活已有太久。他长久隐居，无处施展的自信，被我一览无余。

他的三个助手是典型的劳工阶级，老实可靠。说不上太聪明，但是绝对本分，身体健壮，有礼有节，干活利索。斯巴格以前是个水手，现在主要负责煮饭和铸铁之类的活计；吉布斯干木工；另外一个助手以前是花匠，现在做杂役。助手们干的全是出力气的活。但凡需要动脑筋的活，基本上是加富尔自己干的。我对加富尔的研究一头雾水，而伙计们也只顾干活，对其他事情也不甚了解。

现在我该说说我探到的加富尔所研究的究竟了。非常抱歉的是，我真的觉得很难把我所看到的讲个清楚。因为我不是什么科学方面的专家，如果我尝试用科学语言去阐释加富尔所研究的目的，我想也许不仅我自己讲不清楚，还会让读者云里雾里。而且，我敢肯定，那样的话会遭物理学界的学生所耻笑，因为我可能会有错得非常愚蠢的表述。我能做的呢，就是用我自己也许不太规范的语言讲个大概，这总比假装披件科学的外衣要强对吗？

加富尔找寻的应该是一种“无法被穿透的”物质，他用了具体哪个词，我都忘了，大概就是这个意思吧。这种物质不能够被“任何形式的辐射能量”所穿透。所谓“辐射能量”，是指任何光或热之类的物质，类似我们一年前总会提到的伦琴射线，马可尼电波或是地心引力。按他所讲，这些物质都是由中心向外辐射，在一定距离范围内给物体以作用力，这就是为什么它们被称为“辐射能量”了。但是，几乎所有物质都不能够被哪一种辐射能量所穿透。举玻璃为例，光线很容易穿透它，可是热量就要困难一些，所以它才被用来防火。光能够穿透明矾，可明矾是完全隔热的。另外呢，二硫化碳中的碘溶液是不透光的，可是它却导热。因此，在看不到火的情况下，二硫化碳一样传输热量。金属不仅能被光与热穿透，而且能被电子能量所穿透。电子能量能畅通无阻地穿透碘溶液和玻璃。

已知的物质中，所有物质都受地心引力的牵制。我们可以用不同的屏障去隔绝光和热，阻隔太阳的电离影响，或使得任何物体不受地球温度的影响。我们也可以用金属板阻挡马可尼射线的辐射。但是任何物质都难以逃离太阳和地球的万有引力。当然很难讲清楚，为什么这一现象存在。加富尔尚未弄明白为什么这样一种物质是不存在的，当然我就更想不明白了。其实，我在这之前也从未想过这样一种可能性，那就是也许存在这样一种不受地心引力牵引的物质。他在纸上演算，也期证明这种物质不仅存在，而且一定是在满足一定条件的前提下存在。但是，这样的演算也许只有像克尔文爵士、洛奇教授或卡尔·皮尔逊这样的科学家才能理解。他示范给我看的这些东西只能让我完全一塌糊涂。那简直是非常不可思议又有些挑战我智力的推理，所以在这儿要想再现他推理的过程，显然是不可能的。我当时只是说“继续，你接着说”这样的话。想想看，他竟然扬言说能造出完全脱离万有引力的物质，而选取的材料则是某种复杂的合金或是某种叫作“氦”的新元素。氦也许正是那些从伦敦运来的密闭大罐子里面装的东西。问题现在就归结到怎么造出来这样一种东西了。我其实都可以确定，那些密闭的大罐子里面装的绝对就是氦，呈气态，又很稀薄。我当时要是留下笔录就好了。

可是，我何曾想到留下笔录会有这么必要？

但凡有那么一些想象力的人，都会想到这样一种物质的存在有着巨大的可能性。而且，当我从加富尔晦涩难懂的话里面听懂了一星半点，我彼时的心情应该是有些愉悦的。这也算得上是我写剧本之余的一种放松。其实在这之前不久，我就已经察觉，我很多时候都能准确地解读他的意思。我问问题也较为谨慎，因为一旦我发问，他通常会以完全不同于平常交流的方式解释，这时常会让我很费解。

也许故事读到这里，你还是不会相信，这种物质最终是能被造出来的。这也许是因为我太贫乏的描述让你看不到我的深信不疑。

我都几乎想不起来，我是什么时候从加富尔那里回来的，回来之后，还有过连续写一个小时剧本的经历。似乎我的想象力应该被用在他处。我觉得他造出这种物质的可能性极大。无论怎么想，我想到的都是奇迹或是革新。举个例子吧，一个人在提重物的时候，只要把该物质置于其下，那么，即便是一根稻草，也能把这个重物给撬起来。我很自然地便想到运用该方法到机械、装甲车等战备物资或战事之中。同样，这也可以被用在运输、交通、建筑以及人类工业史上的任何一个行业之中。我觉得于我，这将是一个千载难逢的机会，这个机会将带我见证一个全新的时代——这划时代的时刻。这些想象在我脑际翻滚、延伸。在很多憧憬中，我也看到了我作为一个职场中人的自我救赎。我看到了无数公司给我们投来的橄榄枝，我们的特许权和垄断权不断地扩大，直到一个超级规模的加富尔公司开始经营并管理这个世界。

而我，正是这样一个公司的一员。

我立即做出了决定。我知道我有些孤注一掷，但是还是禁不住心生忐忑。

“我们是在搞最了不起的发明。”我说，特别强调说“我们”，“你除非拿枪逼我走，我是打定主意要做你的第四个助手的，我明天就来！”

他显然没有想到我会那么热情，但他也没有对我的诚意表现出些许的怀疑或敌意。也许是因为他并不是一个特别自信的人。

他只是用有些怀疑的口吻问我：“你真的想好了吗？那你的剧本不写了吗？”

“还写什么剧本！”我说，“亲爱的加富尔先生，难道你没有发觉你这重要的研究，还有你即将要做的工作，是多么有价值吗？”

当然，这是修辞的讲法，加富尔显然没有听出其中含义。起初，我简直难以相信，因为他看起来一点都不像是能有什么点子的人。可就是他，这样一个身材矮小其貌不扬的人，竟然一直在钻研纯理论的东西。他说他钻研的东西是世界上“最重要的”理论，我想他的意思是说他的研究涉及很多方面的理论，并能够对很多还有待解决的难题给出解决方案。他并未多去考虑他这项发明的实际功用。就好比他是一台能造出枪支的机器，不需多想究竟这有何功用。他只是觉得这种物质一定能被制造出来，他就是想做这个制造者。就是这样而已，就像法国人常说的那样。

除此以外，我觉得他其实极其的孩子气。一旦这种物质被合成，他想要让它名留千古，把它命名为加富里特或是加富林。他幻想自己会当选皇家学会院士，而他的肖像则会在《自然科学》这样的杂志上广为人知，诸如此类。这就是他所幻想的！如果我不是碰巧亲历，他绝对要更加大肆渲染他的成就，俨然是自己发现了一个新物种一般。而这些幻想终究如同科学家们不曾过分瞩目过的一两个小课题一样，会慢慢地被人遗忘。

当我想到这点的时候，加富尔催促我接着说：“往下说呀。”我起身，在房间里踱来踱去，我想我说话的口吻听起来应该像个二十岁的年轻人。我力图使他能够清楚他在这件事情上的责任和义务，其实莫不如说是我们在这件事情上的责任和义务。并且我信誓旦旦地告诉他，我们会因此有足够多的财富可以按我们的意愿进行社会变革，或者，我们应该可以真正拥有并统领这个世界。我提到了我们创办公司，申请专利的远景，以及怎么做好保密工作。也许我所讲的这一席话让他极为困惑，就像他讲数学问题时我的感受一样。他红红的脸上几乎写满了疑惑。他结结巴巴地说了些他不怎么看重财富之类的话，我没接他的茬。他肯定会发财的，所以结巴就结巴，没什么所谓。我试着让他明白我是一个什么样的人。我也告诉了他我有很好的从商经验。我并没有告诉他其实我当时债务缠身，因为在我看来这些都是暂时的。但我相信，我的窘困其实还是被我夸夸其谈的财富梦想所遮蔽。慢慢地，我们之间达成了加富里特垄断业务的共识。他呢，负责造出来加富里特，而我呢，则看重赚大钱的前景。

我像水蛭一般粘在"我们"这个词上，似乎"你"或者"我"这样的词对我来说不存在一样。

他的想法是，我所谈及的所谓利润都应该投在这项研究上，这当然是后话了。"好了好了。"我非常不耐烦地说。问题的关键是我们要把这种物质搞出来。

"这种物质无论家庭、工厂、城堡还是船只都少不了它。它会比一种专利药品更运用广泛。哪怕它的某一种用途，就足以使我们暴富，更何况它有千千万万种用途。加富尔先生，这些都算不上什么贪婪的梦想。"

"哦，天哪！"他说，"我慢慢发觉，和别人交谈能带来新的观点，这太奇妙了。”

“那得是找对人才行啊。”

“我觉得应该没有人，”他顿了顿，“没有人不爱财。除非……”

他停了下来，我愣了一下。

“你懂的，其实这种物质只是有理论上存在的可能性，并不一定最后能被制造出来。这是挺荒谬的一个事实。或者说呢，我们即便造出来，也会遇到大麻烦。”

“那我们遇到麻烦就想办法解决啊。”我说。

第二章

其实到了实际的制造过程，加富尔的担忧显得那么多余。在1899年10月14日这一天，这种不可思议的物质终于被制造出来了！

说来很蹊跷，这种物质被制造出来，纯属偶然，就连加富尔先生都始料未及。他先是把一些不同的金属和其他东西熔炼在一起，说实话，我真的特别想知道一些具体的细节。然后他打算把这些混合物搁置一旁，使其慢慢冷却。如果不是他计算上出了失误，这些混合物在冷却到华氏六十度的时候，理应发生最后一个阶段的反应。可是碰巧，可能加富尔自己也不知道，在负责熔炉的事情上，他的手下一直有着分歧。吉布斯以前看管熔炉，他却让以前当花匠的那个伙计去干他一直在负责的工作。他的理由是挖煤和挖土其实是一个道理，烧炉子本来也和木匠的活八竿子都打不着。而做过花匠的那个伙计反唇相讥，他觉得煤这样的物质是金属或矿石一类的东西，况且他现在还正干着厨师的工作。但斯巴格坚持让吉布斯负责熔炉，他的理由是吉布斯以前是木匠，而煤呢，正是木头形成的化石。最终，吉布斯愤而罢工，别的几个伙计也不愿干。而这个时候，加富尔正忙于解决他在研究加富里特飞行器时碰到的问题（是因为他忽略了空气阻力和其他一些因素），他怎么都没检查出错误来。所以，就在他穿过田野来我的住处喝下午茶的路上，他的发明就这样提前“诞生”了！

那天的场面我仍历历在目。水已经烧开了，什么都准备停当了，他惯常的哼哼声让我不自觉地已经走到了阳台。已经日暮时分，我看到了他小小的身体远远走来，在秋日的光影里。在我右手边，房子的烟囱掩映在一片茂密的树丛里。更远处是威尔顿山，笼罩着一层淡蓝色的雾霭。在我左手边，暮色中的沼泽地宁静辽远。就在这时——

烟囱突然被炸飞，砖块儿一股脑被炸了出来。然后，房顶和屋内的家具都发出巨大的爆炸声响。随后，是巨大的白色烟雾和火光将一切吞噬。房子四周的树摆动、摇晃，最后劈里啪啦叶子树枝全掉了。突然我的耳边响起一阵巨雷般的爆炸声，我的一只耳朵也从此永远失聪。窗玻璃不知不觉全成了一堆碎片。

我三步并作两步向加富尔的房子冲去。就在这时，狂风大作。

我的衣襟几乎被风吹到了头上，我踉踉跄跄地跑着，非常吃力地去往他所在的位置。几乎是在同一瞬间，加富尔也像是被风劫持了一般，被吹得东倒西歪。我看见我房顶的烟囱也被吹起，重重地落到了地上，离我大概只有不到六码的距离，然后它又被弹起，被大风迅速地卷到了这个风暴的中心。加富尔跌跌撞撞，在大风里被吹起，胳膊腿乱蹬，遂又跌落，然后在地上打了好几个滚，又使劲站起来，很快又被风吹离地面，然后他就消失在了被风吹得胡乱摇摆的茂密树丛中。

一团烟雾，连同一块方形的闪烁物冲向了天空。一大块篱笆从我眼前飞过，直直落下来砸到地上。好像最凶险的时刻已经过去。刚才天空中这场劫难似乎已经平息，只是还伴有一阵狂风罢了。我回过神来，感觉自己还能呼吸、行走。我顶着风走，尽力稳住身体。这让我能稍稍收拢收拢思绪。

就这一会儿的工夫，我眼前的一切已经改变了。宁静的落日景象已不见踪影，天空黑压压的全是乌云。很多东西都被吹倒了，要么就是还在风里摇摆。我回过头看了看我的房子是不是没被吹翻过去，然后就踉踉跄跄地朝加富尔消失的那片树丛走去。被剥落了树叶的高大树丛中，火光闪耀，那肯定是加富尔的房子。

我进到树丛中，一棵树一棵树地走过，细细查看，还是没能发现他的踪影。后来，在靠花园墙的一个残枝堆中，我看见有什么东西在动似的。我跑了两步。但是还没到跟前，就发现那里边有一团褐色的东西爬了出来，两只沾满了泥的脚，胳膊低垂着，滴着血，衣服前襟上的破布条在风里甩来甩去。

我一时竟未能认出那团泥乎乎的东西就是加富尔。在地上滚来滚去的，给他沾了一身的泥巴。他背着风站着，揉着眼睛里嘴巴里的土。

他伸出泥手，向我这边迈开了一个步子。他神情略显激动，不时有泥渣从脸上掉落。他那副样子算是我见过的最脆弱最可怜的活物了，所以他说出来的话才那么让我吃惊。“快祝贺我，”他喘着气说，“快祝贺我呀！”

“祝贺？”我说，“祝贺什么？”

“我把它搞出来了。”

“是吧？可是那爆炸究竟是怎么回事？”

这时突然又狂风大作，他的话湮没在了风中。然后风把我们吹得碰在了一起，我俩紧紧地挨着。

“去我的住处吧。”我大声冲着他的耳朵说。他显然还是没有听见，嘴里头嘟囔着“三个科学烈士”，还说什么“不怎么好”之类的话。这时他可能觉得他的三个助手肯定已经死了。可是非常幸运的是，他们并没有死。因为他刚一出门，那三个伙计就去林尼镇上的小酒馆了，他们打算喝喝小酒，商量一下谁来做熔炉工的问题。

我又一次提议去我的住处，这次他听到了。我们胳膊挽着胳膊出发了。好不容易到了我的住处，房顶都差点被吹跑了。我们进门之后先在椅子上坐下，喘了喘气。屋里的轻些的家具都一片狼藉，但倒是不怎么要紧。非常庆幸的是，厨房门竟然没有被吹开，里头的锅碗瓢盆都还完好。油炉还开着，我放了壶水上去打算接着烧水沏茶。等这些准备停当之后，我打算听加富尔先生讲讲了。

“非常好，”他接着说，“非常好。我搞出来了，真的很好。”

“但是，”我反驳道，“好吧，我这么说吧。为什么方圆二十里以内的草丛、篱笆和房子都被吹掉了？”

“一切都很好，我说的没错。当然，我是没预计到会有这种小失误。我的脑子现在还完全被另外一个问题所占据着。我可能不会太关注这些你所看到的小的现实问题。但是，没关系啦。”

“可是，加富尔先生。”我说，“难道你没意识到，这次爆炸炸掉了好几千镑！”

“这个嘛，你自己想想看吧。我不是一个很靠谱的人，但是你不觉得人们会认为这只是一次飓风吗？”

“可是爆炸——”

“那不是爆炸。道理很简单。我说了的，我经常忽略这些小事情。这也只是比我哼哼这样的事情稍严重一些。我偶然造出了加富里特这种物质，把它做成了一个很宽的薄片。”

他顿了顿。“你非常了解，这种东西是不受万有引力牵制的。它阻止了物体之间的吸引力。”

“是，”我连连回答，“是。”

“那么，当温度接近华氏六十度的时候，它就自然形成了。这就是为什么这个时候，该物质上方的空气、房顶、天花板以及地板都失重了。我想你应该知道的——现在人应该都知道吧——很简单的道理，空气是有重量的，它从各个方向对地球表面的任何物体都产生作用力。空气压强大概是十四点五磅每平方英尺。”

“嗯，这个我懂，”我说，“你接着说。”

“我的意思是说呢，”他接着说，“这就足以表明光知道一种原理而不去运用其实毫无意义。你看，任何置于加富里特物质之上的物品就不再遵循这一原理了。也就是说，加富里特周围的，注意，不是它上方的空气，会对这突然失重的空气产生压强。你明白了吧？加富里特周围的空气是对其上方的空气产生了极大的作用力。所以加富里特上方的空气才被强力向上挤压，而冲入的空气也很快失重，不再产生压强。这样一来，天花板和房顶就都被掀翻了。”

“你能懂的，”他说，“这种现象就像是形成了一个空气喷泉一样，就像是在空气中形成了一个烟囱一样。要是加富里特物质不消解，而是紧紧地吸附着这个烟囱，想想看，能明白其实本来应该会怎样吧？”

我想了想，然后说：“我想，那空气该是一直向上冲吧，向着那团该死的东西的上方。”

“准确地讲，”他说，“一个大喷泉——”

“一个大喷泉直入云霄。我的天哪！它会把地球的大气全都吸走。它会让地球没有空气！那人类的末日该来临了，只因为有这么一小块破东西！”

“其实，并不一定是会吹到太空去。”加富尔说，“但也差不多有这么糟。它会将地球上的大气像剥香蕉皮一样剥掉，然后扔在几千英里以外的地方。当然这些空气也许将会重回地球，但那时地球早已窒息！依我看，这样的话和没有空气又有什么两样！”

我一时失语。也许是感到太惊异了，都没有太觉得期望落空有多难受。“那你的意思是现在怎么办？”我问他。

“首先呢，要是能借你花园中的铲子一用的话，我先把我身上这泥巴弄下来。然后，要是方便的话，我想洗个澡。这些都弄完了，我们就可以再慢慢说了。这样做应该算是明智的吧，我想。”他把一只泥手放我胳膊上说，“如果不向别人提到这件事情。我知道，这次爆炸造成了很大的损失，也许周围的很多房子都被破坏了。但是，我是不会为这些损失买单的。如果一旦这次事件的真正原因被披露出来，我想我会很生气，我的工作也会因此中断。一个人是不可能预见所有事情的，你懂的。我决定不让我对这件事情的担忧打扰到我的理论研究。我想再过些时日，当你再来找我之时，加富里特物质已经飘浮起来。是飘浮，你说呢？这会让你的期许得以实现，我们也可以和这些人来商量怎么解决了。但是不是现在——绝不是现在。如果未听到别的解释，在现有的气象学还不怎么发达的情形之下，人们大抵会认为飓风是始作俑者。我想应该会有一个捐赠活动或是什么的吧。因为我的房子倒的倒，塌的塌，我应该能拿到相当可观的一笔赔偿。我会拿这笔钱来继续搞我们的研究。但是，万一大家知道了这事情是我弄出来的，那就不会有什么捐赠了，人们会被气疯的。这样一来，我将永无可能再安心科研。我的三个助手要么死了，要么没死。这得另说了。如果他们死了，那损失不大。他们都是有勇无谋的类型，况且这次加富里特的意外诞生就是因为他们都在烧熔炉的事情上有所渎职。如果他们还活着，其实我挺怀疑他们有无智商想到到底发生了什么。他们应该会相信飓风一类的传言。如果可以的话，我可不可以住在你那儿还没租出去的哪间房子里，要是我暂时无法回到我的住所。”

他说完了，看着我。

一个这么离谱的人，我想了想，应该还是别轻易收留的好。

“也许，”我站起来说，“我们还是先找把铲子的好。”我领他进入狼藉一片的花圃。

他洗澡的时候，我又把这整件事情想了一遍。很明显，对加富尔先生的状况，我之前未有太多预计。他这种心不在焉差一点将人类毁灭，说不定以后还会有什么更为严重的状况发生。另外一方面，我的顾虑是，我还年轻，我自己的事情还没搞出个头绪来。我只是冒出了冒险的念头而已，希冀能在最后捞到些好处。后来我终于拿定了主意，我安慰自己至少应该能得到一半。我前面应该有解释过，非常值得庆幸的是，我这个住处租了三年期，并且不用负担维修费之类。我的这些个家具都是匆忙中购置的，还未来得及付款，但已经上了保险。所以，这件事对我影响并不大。最后，我决定索性就跟着他，静观其变。

当然，事情还是和以前有所不同。我对加富里特的可能性不再有半点怀疑。加富尔也一改往日的高谈阔论，在商量下一步该怎么做时，试着以我能理解的方式和我探讨。

“我们当然得重新把它搞出来，”他说话时一脸的欣喜，我从未想过他会这样，“我们当然得重新搞出来。也许，我们遇到困难了。不过我们已经把理论知识全都抛之脑后了。要想不破坏我们这个小星球的话，我们就要抛弃理论。但是——这一定是有风险的。一定会有！在实验阶段，风险就无处不在。我觉得你是一个很务实的人，所以你一定要跟我合作。对我自己而言，我想这次我们可以考虑把这种物质做得很薄。但是我也不确定，我也真没什么概念，应该采取何种方法。我现在也很难给你解释清楚。我很好奇的是，当我被风吹得在泥里翻滚的时候，我一直在想这场冒险什么时候会是个结束，就好像是我一定要去完成一样。”

尽管有我的协助，我们俩还是遇到了很大的困难。同时，我们又在加紧重建实验室。在决定第二次尝试的具体形式和方法之前，有很多事情需要处理。我们眼下最头疼的事情是那三个伙计，他们反对我像工头一样管着他们。但是过了两天，他们妥协了。

第三章

我仍清晰地记得加富尔怎样告诉我他想建造球体的那个情形。之前其实他有做过模拟，但是这个想法似乎又是一下子冒出来的一样。我们在回我住处喝茶的路上，他突然哼哼起来，并大喊一声：“有了，就这么办，就是能滚动的一种遮光板！”

“什么有了？”我问他。

“太空——任何地方！月球！”

“什么意思？”

“为什么不懂什么意思？它一定得是个球体，我的意思就是这样！”

我意识到我又跟不上他的思路了，我没有打断他，就听他像以前那样天马行空。我压根儿不懂他在讲什么。不过喝过茶之后，他还是跟我做了解释。

“是这样的，”他说，“上次我是将这种脱离了地球引力的东西放在了一个扁平的罐子里面，里面有一个能将它往下拉的装置。突然，冷却过程完成以后，它就完全释放了出来。这就是为什么那天有那么大的冲击力。因为它以上的东西都失去了重力，空气就朝那一处积聚，房子被冲起来了。要是该物质本身没有被固定好，那后果真是不堪设想。假设该物质能随时喷出来，会怎么样呢？”

“会立刻冲上去的。”

“是这样的。应该不会比发射一枚大炮的威力小。”

“但是那又能如何呢？”

“我也会被带上去呀。”

我放下茶杯，盯着他看。

“想象有一个球体，”他接着说，“能装下两个人以及一些生活用品。该球体是用钢材料混合厚质玻璃制成。它能够储存一定量的固体空气，压缩食品，蒸馏设备以及其他一些用品。在球体的外层涂着一层——”

“加富里特？”

“是的。”

“但是怎么进去呢？”

“想想捏饺子是怎么捏的。”

“我懂，但是具体怎么弄啊？”

“其实很简单。只需要有个人可以进出的密封的通道就可以了。当然了，这会显得有些复杂。其实还需要有个阀门，这样呢，人可以随便被气压推出去，而不会泄露太多空气。”

“就是儒勒·凡尔纳在小说《月球旅行》中提到的那个设备吗？”

可是，我知道加富尔是不看科幻小说的。

“我逐渐明白了，”我轻声说道，“我们可以在加富里特物质温度较高的时候进入球体并且坐好，然后加富里特一冷却，万有引力便失去作用，我们就可以飞上天了。”

“是一下子就飞离。”

“应该是呈直线路线飞离吧——”我突然插了一句，“那怎么样保证我们不是一直按直线飞行呢？”我接着问，“这样飞的话怎么着陆啊，即便着陆了，那又怎么能回得来呢？”

“我刚刚就在考虑这个问题，”加富尔说，“我刚说有了就是指这个意思啊。内层的玻璃球体，除了人出入通道外，应该是密封并且连续的。钢质部分可能是拼接的，每一部分都能像滚动遮光板一样被卷起。这些都靠弹簧来实现。铂丝传递的电流控制开关负责弹簧的打开和闭合。这当然是细节问题了。你看，除了滚动遮光板比较厚以外，刷有加富里特物质的外涂层基本上是遮光板和玻璃的材质，随便你管它们叫作什么。那么，当所有的窗户和遮光板关闭之后，任何光、热、引力和辐射都进入不了球体的内部。它自然会沿直线轨迹飞向太空，就像你刚才说的那样。但是一旦打开窗户呢，或者试想其中有一扇窗户打开了，那么任何朝那个方向运行的重物都会对我们产生吸引力——”

我沉浸在他的叙述中。

“明白了？”

“嗯。”

“这样一来，我们随时会被太空中的物体吸引——随便怎么样的物体，就像我们想象的那样。”

“你说的有道理，可是——”

“嗯？”

“我确实搞不懂我们这样做有何用。只是被弹出地球然后再回来罢了。”

“当然就是这样啊，比如我们可以去月球。”

“可是真的到了那儿之后，我们做什么？”

“我们可以——对了，可以增长见识啊。”

“那里有空气吗？”

“也许有吧。”

“倒是个不错的主意，”我说，“但是这听起来真的是太不着边际的想法了。去月球！我还是去做些普通的事情好了。”

“没什么不行，看你了。”

“为什么不把你提到的弹簧遮光板——加富里特遮光板用在提重物，比如用来搬动大铁箱呢？”

“那不行的。”他搪塞着，“毕竟，你知道的，去外太空没有那么糟，至少应该不会比极地探险还糟吧。人们现在可是经常极地探险。”

“商人应该不会去吧，我想。况且呢，极地探险是给报酬的。即便有任何不幸发生，也会有救援部门。可是，可是我们这个计划就像是把我们自己从地球上发射出去，而没有任何回报一样。”

“是勘探！”

“你也只能这样说了……也许有人愿意就此出本书呢。”

“我深信，月球上肯定有矿产。”加富尔说。

“会有什么呢？”

“哈，很多啊。像硫黄啊，铁矿石啊，金矿啊。也许还有新元素。”

“但是路费……”我说，“你应该知道的，你并不是一个特别讲求实际的人。毕竟月球可要离我们二十五万英里远啊。”

“在我看来，只要把任何东西装在加富里特容器里，那么，运输任何东西到任何地方都将轻而易举。”

我从未想过这一点。“你的意思是说对购买者免费送货对吗？”

“其实并不是只局限于月球上啊。”

“那是——”

“还有火星啊。那里大气清洁，环境很特别。会让人感觉很轻盈。去火星也是很不错的主意啊。”

“火星上有大气？”

“当然有了！”

“好像你要准备在那儿开个疗养院似的。对了，火星离我们有多远？”

“现在的距离应该是两亿英里，”加富尔脱口而出，“当然离太阳近的地方自然距离会短一些。”

我又一次陷入想象。“不管怎么说吧，”我说，“这些计划还是挺有意思的，旅行——”

我脑海里浮现出一种特别奇妙的画面。我突然看见，就像是幻觉一般。我看见整个太阳系中穿梭着加富里特飞行器。“优先占领权”这个词不断地飘过我的脑际，即优先占有其他星球的权利。我立马想起西班牙人垄断美国金矿的事情。这似乎都不是占有这颗星球或是那颗星球这么回事，而是占有整个星际。我看了看神采奕奕的加富尔先生，突然间，我的想象力也汹涌席卷。我起身，激动地走来走去。我好像已经管不住自己的嘴巴了，开始滔滔不绝。

“我现在明白了。”我说，“我现在明白了。”我也没弄懂我是怎么一下子从疑惑变得如此热衷。“这太不可思议了！”我几乎是喊出来的，“这太伟大了，我从来没想过可以做这样一件事情。”

我不再一副冷冰冰的样子，他压抑已久的热情立马迸发出来。他也起身，走来走去。他也像我那样大呼小叫。我们就像是灵感被激发出来一样。我们确实是如此。

“我们一定会搞定的！”这是他对我碰巧遇到的一个困难给出的答案，“我们很快就会搞定的！今晚，就今晚开始，我们就草拟模型的图纸。”

“嗯，我们就从今晚开始。”我附和道。旋即，我们回到实验室，立刻开始了工作。

整晚，我都像是一个梦游仙境的孩子一样。一直到破晓时分，我们还在忙碌。天亮了，我们却一直开着灯。我现在都能清楚地记得那个图纸是怎么样的。加富尔在画草图的时候，我画出阴影部分，或者着色，要么草草添几笔让图纸显得更有立体感。但是我那几笔总是画在点子上。我们下了订单，订购我们在那一晚算出的我们计划需要的钢质遮光板和框架。玻璃球体也在之后一周内就设计完成了。我们几乎不再像往常那样下午交谈什么了。我们拼命地干活，然后睡死过去，接着干活，直到实在饿得或是累得受不了。我们的热情甚至感染了另外三个伙计，尽管他们对球体将做何用一无所知。在那些天，吉布斯不再到处乱跑。他们哪怕只是在房间里走动，都是行色匆匆的古怪神情。

球体慢慢成型。十二月过了，到了来年一月。我几乎花了一天时间打扫我的住所通往实验室的积雪。然后是二月、三月。到了三月底，玻璃球体已经要成型了。一月的时候来了一个马队，驮着大大的行李箱。现在玻璃球体已经制造完毕了，我们用起重机将它嵌在了钢质外壳中。所有的那些支架、遮光板什么的二月底就送来了，现在都安装上去了。下半部分也基本装配完毕。它也并不是一个真正的球体，应该叫它多面体吧。三月份，加富里特飞行器一半的制造任务就已经完成了，金属涂层的两个步骤都已完成，有一半被涂在了金属支架和遮光板上。真是令人惊讶，我们最终实施的步骤和加富尔一开始的设想是那么相近。球体被装配完毕之后，加富尔提出来把临时实验室的屋顶拆除，并在周围安放熔炉。所以呢，加富里特制造的最后一个环节，就是涂层要在氦气中被加热成深红色，这是要在球体表面来完成的。

之后，我们讨论并定了下来我们应该带些什么物品进去——压缩食品，浓缩物质，金属储氧筒，能清除空气中碳酸物与杂质的装置，过氧化钠储氧装置，水冷凝设备，等等。我想起来在加富尔住所角落里堆成小山的那些罐子、卷筒，还有盒子——这些都是让人对整个计划抱有信心的理由。

那段时间很忙碌，几乎没有多想的余地。但有一天呢，我们快收工的时候，我突然有了一种非常奇怪的感觉。我花了一整天在砌熔炉，之后就累个半死坐在边上了。我感觉这一切很无趣，匪夷所思。

“加富尔，你过来看，”我说，“你这到底是要做什么？”

他笑了笑，说：“我们的下一步就是出发！”

“去月球？”我想了想，“但是你指望在那里找到什么？月球上没有生命的。”

他耸了耸肩。

“指望得到什么？”

“去那儿不就知道了。”

“你是说我们？”我目光呆滞。

“你累了，”他说，“你最好下午出去散散步。”

“不，”我执拗地说，“这些砖我得砌完。”

我确实干完了，那天晚上，我一夜都没有睡着。

想来我还从来没有这样过。我生意要垮掉的时候，也有过这样的夜晚。但是和这整夜极其痛苦的清醒相比，那时的辗转反侧都算是香甜的睡眠了。我突然陷入巨大的恐惧，担心即将要做的事情。

在那一夜之前，我真的没有多想我们会面临的风险。可是现在这种担心就像是布拉格幽灵一般在我身边将我团团围住。对陌生未知的担心，将我完全击溃。我就像是在美梦中惊醒，突然身陷囹圄。我睁着眼睛躺着，球体在我眼前变得越来越脆弱甚至不堪一击，加富尔变得不真实甚至有些虚幻甚至奇异，整个计划显得越发的不着边际。

我起身下床，想随便走走。我坐在窗边，凝视广袤的夜空。在星体之间，是深不可测的黑暗。我试着回想我断断续续地读过的一些有限的天文学知识，但是我所学的都似乎难以说服自己对这样一个疯狂的计划有所评估。后来我回到床上，小憩了一会儿，其实还不如说是做了那么一小会的噩梦。在梦境里，我不断地坠落，坠落，一直坠入太空的深渊。

吃早餐的时候，我着实让加富尔感到极为惊讶。我直接告诉他了:“我不会和你一起去的。”

任凭他极力反对，我还是固执己见。“这太离谱了，”我说，“我不会跟你去的，真太离谱了。”

我不想跟着他去实验室。我在自己的住所思量了好一阵子，然后就拿了帽子和拐杖独自出门了，但是不知道去哪里好。碰巧那天天气晴好，风暖天蓝。春天的新绿刚刚冒出来，到处是鸟儿的欢叫声。我在埃尔哈姆附近的一个小酒馆吃了午餐，点了牛肉和啤酒。我说了一句话，让老板娘极为惊讶:“谁要是在这么好的天气离开这个世界，他肯定是个傻子。”

“你再说一遍？”老板娘说道。我发现对一个可怜的灵魂来讲，世界本身就显得多余，世界有太多痛苦。我的想法有了很大的转变。

下午，我晒着太阳美美地睡了一觉，顿时精神愉悦。

我来到坎特伯雷附近的一家小旅店。旅店外墙上爬满了攀缘植物，老板娘是个精干的老太太，很打眼。我发现我的钱刚好够付房费，就决定住那儿了。她是个健谈的老太太，和她聊了很多，我得知她从未去过伦敦。“我最远就去过坎特伯雷了。”她说，“可我不是那种到处闲逛的类型。”

“那你觉得去月球旅行怎么样呢？”我问她。

“我可不想坐着什么热气球旅行。”她说。很明显，她觉得这不过是和普通的旅行并无二致的计划。“也许去一次还好吧，但我不想老这样。”

她的话让我感觉很搞笑。吃过晚饭后，我坐在旅店门口的长椅上，和两个伙计胡扯了一会儿，聊到怎么制砖、摩托车还有去年的板球赛。天色慢慢暗了下来，一轮新月泛着淡淡的光辉，挂在远处的天际，就像远处的朦胧的山的颜色。

第二天，我去找加富尔。“我回来了，”我说，“我就是还没有想好而已。”

那其实是我第一次对我们的计划产生了怀疑。其实就是神经紧张而已。

在那之后，我工作更加细心，每天都散一个小时的步。最后只剩下烧熔炉这个环节了。我们的工作基本告一段落。

第四章

“进来啊。”加富尔说。这时我跨在出入口边上，往黑洞洞的球体里面窥探。就我们两个人，太阳落山了。暮色中一片死寂。

我把另一条腿放了进去，顺着光滑的玻璃面滑到了球体底部，然后从加富尔手里接过了食品罐和其他行李。里面很暖和，温度计显示 80 华氏度。因为辐射的缘故，我们的体温不可能下降，所以我们穿了鞋子和法兰绒的衣服。为防突发情况，我们还备了棉衣和厚毯子在里面。按加富尔的安排，我把行李、储氧筒等等都随便放在了脚边，很快，一切就安顿妥当了。他去已经没了屋顶的实验室又确认了一遍有无遗忘的物品，然后又进来了。我注意到他手里拿着一样东西。

“你拿的什么？”我问他。

“你没带什么读物吗？”

“天哪，我忘带了。”

“忘了告诉你。说不定——我们要去好几周。”

“但是——”

“我们会一直待在这个球体里面，无所事事。”

“你怎么不早告诉我？”

他看了一眼出入口。“瞧！”他说，“那是什么？”

“还有时间没有？”

“一小时吧。”

我往外看了看。那是本旧的《珍闻》杂志，一定是那三个伙计中的哪个带来的。远处角落里，我看到有一份破破烂烂的《洛依德新闻报》。我拿了这两样东西，又钻了进去。

“那你带了什么？”我问他。

我从他手里接过书，书名是《莎士比亚作品集》。

他有些脸红。“我受的教育基本是纯理科的。”他略带歉意地说。

“你从没读过莎士比亚？”

“没有。”

“他也知晓一些科学方面的知识，只是知晓的方式和你不同罢了。”

“别人也正是这样跟我说过。”加富尔说。

我协助他拧上了出入口的玻璃盖，然后他摁下按钮，关上了外箱的遮光板。方才能看见的一丝暮光也消失不见了。我们陷入全然的黑暗中。

有那么一会儿，我俩谁都没有说话。尽管这个球体并不是隔音的，但是外面死一般的沉寂。我意识到起飞时可能会有震动，而我手边都没个抓的东西。我想起飞的震动应该非常不舒服，要是有把椅子多好。

“为什么不带把椅子啊？”我问他。

“一切都搞定了的，”加富尔说，“放心，我们不需要的。”

“为什么？”

“等会儿不就知道了。”他说话的语气里有着明显的不耐烦。

我不说话了。突然之间，我清醒地认识到自己进到这里头来是多么的愚蠢。现在反悔来得及吗？我知道这个球体外面的世界于我而言冷漠又隔膜——几周以来，我一直都是靠加富尔的接济——但是这冷漠会有那无止境的冰冷宇宙可怕吗，会有那样无边无际的空洞可怕吗？要不是担心会让他觉得我是一个懦夫，我肯定让他放我出去。但我就这样犹豫着，踌躇不定。我烦躁又气恼，时间就这样过去了。

接着一阵摇晃，我听见像是隔壁房间开香槟瓶盖那样的声响，然后是一阵微弱的像口哨一样的声音。一刹那，我紧张极了。然后我感到双脚像是被巨大的力量使劲往下拽一样。这只持续了一小会儿。

我想我是想逃离。“加富尔！”我在黑暗中说，“我的神经快要崩溃了……我不想去了。”

我说完等他回答。他没有应声。

“妈的！”我气急败坏地说，“我是个白痴吗？看看我做的这是什么事！我不去了，加富尔。真的太冒险了。我想出去。”

“你出不去了。”

“出不去？我们倒是试试看！”

又没有作答。过了大约十秒钟，他说：“我们现在为此争论已经为时太晚，贝德福先生。刚才那个摇晃就是出发的指令。我们现在已经像子弹一样射向茫茫宇宙了。”

“我——”我说，其实说什么又有什么用呢。有好一阵子，我就像是被吓呆了一样。我不知道说什么好。就好像是我之前对离开地球毫无概念一样。接着，我觉得我身体的感觉犹如五味杂陈。那是一种轻飘飘的非常不真实的感受。头部像是猛地中风一样，伴随着耳朵里像是血管爆裂般的轰轰声。这些感觉一直伴随着飞行，最终我还是适应了，没觉得有多么的不便。

我听见滴答一声。然后一道闪着微光的灯好像打开了。

我看到了加富尔惨白的脸，我想我的脸也该是那个颜色。我们没说话，互相看了一眼。他身后的玻璃窗外一片漆黑，让人觉得他好像是飘在一片虚无当中。

“我们大功告成了。”我最后说了一句。

“是的，”他说，“我们是大功告成了。”

“别动，”他边做手势边说，“让肌肉完全放松，就像躺在你自己的床上一样。我们现在就在自己的小宇宙里。你看你看！”

他手指着原来被堆放在球体底部的那些箱子啊什么的。我惊讶地发现它们飘浮在离球体内壁约有一英尺的地方。然后我透过阴影看到加富尔不再是靠着玻璃坐着了。我推开了我身后的玻璃，发现我自己也悬在了空中，完全不挨着玻璃。

我没有喊叫也没有说话，可是恐惧又悄然袭来。那种感觉就像是被某个东西，你又不知道那是什么，被它举起一样。只消轻轻碰一下玻璃，我就会被迅速推开。我其实懂得这是怎么回事，但这并不能消除我的恐惧。我们和外界的引力完全失去了联系，只是球体内的物品还会有互相吸引。最终，任何没有被固定在玻璃内壁上的东西都往下掉——但是很慢，因为所有的东西都失重了。东西在往我们这个小小宇宙的中心掉落，大概是球体中部的位置。但是这个中心离我要比加富尔近一些，因为我的体重要重一些。

“我们转过来，”加富尔说，“我们背对背飘着好了，让这些东西飘在我们中间。”

这堪称是最奇异的感觉，轻飘飘地浮在空间里，起初会有那么一些陌生和害怕，但是恐惧消除之后，其实没有一点不适的感觉，反而非常地享受。想来在地球上所有过的和这种感受最相近的也许就是躺在厚厚的软软的皮质床里。但是还是很不一样，因为在这里有一种全然的解脱和超然。我从未想过会有这样的机会。我一开始以为，启动时会剧烈地震动，以及高速带来的眩晕感。但是我真实的感觉是好像被解体了一样。这不像是开始了一段旅程，而像是开始了一段梦幻。

第五章

过了一会儿，加富尔就把灯关了。他说我们所剩电量不多了，照明要省着用来阅读。有一段时间，我也不知道是长还是短，球体内是死一般的黑暗。

在这无尽的空洞中，我想起一个问题。“我们飞向哪里？我们飞往什么方向？”我问他。

“我们是直线飞离地球的。现在月亮正好转到了下弦月的位置，我们正飞往月球。我打开遮光板我们看看——”

滴答响了一声，外箱的窗户缓缓打开了。外面的天际就像球体内一样，死一般的黑暗。但是透过开着的窗户，能看见很多的星星。

在地球上看过星空的人应该不会想象得到，没有黯淡的大气层的遮挡，星空会是怎样的一番景象。我们在地球上所见只是那些零星的光亮穿透了大气层的星星。现在我终于明白天堂主人的真正含义了！

当然之后又看到了更为奇异的景象。但是这没有大气的，美妙的星团景象，肯定是我永生无法忘记的奇幻景观。

又一声滴答，窗户关上了。然后边上的另一扇弹开了又迅速关闭，接着是第三扇打开了。我应接不暇，只好闭上眼睛，月亮反射过来的光很是刺眼。

过了好一阵子，我睁开眼睛，看了看加富尔以及身边被照出白光的物品，以让眼睛适应这样的色调。然后，我转过头看外面的白光。

总共打开了四扇窗户，这样的话，月球的引力就能够对球体内的东西产生引力了。我发现自己已经不是完全飘着了，我的脚挨着朝着月亮那个方向的玻璃。毯子还有装食物的箱子都顺着玻璃内壁往下滑落，过了一会儿，又停了下来，有些挡住了视线。在我看来，看月球像是在俯瞰一样。在地球上，向下是指朝着地球的方向，而向上就是相反的方向。现在引力的方向是月球。按我的理解，地球正好相反，现在是在我们头上。当然，当所有的加富里特遮光板关闭之后，向下就是朝着球体的中心，而向上则是朝着外壁。

这里的光线是自下而上出现的，这和在地球上看到光是非常不一样的感受。在地球上，光线是从上投射下来，或者顺着物体的边缘投射下来。但是在这里，光却是自下而上照射。如果我们想看到自己的影子，就得抬起头。

一开始，我感到眩晕，就这样站在厚玻璃上，看浩瀚宇宙中几千万英里以外的月球。但是这种不适也很快就过去了，我看到了壮美无比的景象！

读者朋友可以想象一下这个场景。温暖的夏夜，你躺在地上，从抬起的腿的缝隙间看月亮，就该是如此的景象。但是或许，因为是没有大气层的原因，月球要比在地球上看大许多。连月表最细微的景象都能看得一清二楚。因为我们不用隔着大气层，所以月球的轮廓显得更为明亮和分明。月球周围没有光环，也没有月晕，所以密密麻麻的星团像是给月亮镶了一层边一样，将月球不发亮部分的轮廓勾画得异常明亮。当我站着从双脚间凝视月球时，我想起了自从我们动身以来，我一直都如临幻境，反反复复总认为这怎么可能，但是很快又有了十倍的信心。

“加富尔，”我说，“我很好奇，还记得我们打算要创办的公司以及待发现的矿物吗？”

“嗯？”

“我没看到有什么可能性啊。”

“不不不，”加富尔说，“我们要得到的可不止那些。”

“我觉得我好像又转了一下，右侧身体朝上了。还是会有那种感觉——我对这样一个新世界的存在其实持怀疑态度。”

“看看这份《洛依德新闻报》能不能消除你的疑惑。”

我扫了一眼报纸，然后把它拿到我眼前，我发现我竟然能很容易地阅读。我注意到了这样一条不起眼的小广告——“一位先生以个人名义提供借款”，我知道这个人；然后还有个怪人在卖他的燕尾服牌自行车，“很新，原价 15 镑”，现在只卖 5 镑；还有一位潦倒的女士想要处理掉自己吃鱼的刀和叉，广告上说“是新婚礼物”，这可真是很大的舍弃啊。毫无疑问，已经有头脑简单的人将这副刀叉买走，并且在一本正经地察看，而另外也有人在洋洋得意地骑着买来的这台自行车，第三个人呢正在深信不疑地想要从那个乐于施善的先生那里咨询借钱的事情了。我想到这儿，笑了出来，报纸从我手里飘走了。

“地球上能看到我们吗？”我问他。

“怎么这么问？”

“我想会有对天文学特别感兴趣的人吧。我突然想到要是我的朋友，碰巧用望远镜之类的看到了我们，那肯定有些怪怪的。”

“即便是用最大倍数的望远镜在地球上看我们，那也只能看到一个小黑点。”

我不说话，盯着月球看了一会儿。

“这的确是另一个世界，”我说，“人在地球上根本不会体会到这个世界有多么广阔。也许人们——”

“人们?！”他说，“不要想这些问题！就把你自己当作是一个探险荒芜之地的北冰洋极地探险家。快看！”

他手指着底下闪着白光的东西。“全都是没有生命的！巨大的死火山、熔岩、雪、被冻住的碳酸物和空气，到处是坍塌、裂缝、沟壑。人类持续地观察这个星球已经超过两百年了。你觉得他们会看到多大的变化呢？”

“不会。”

“他们现在已确定发生过两次大的坍塌，有一处尚有争议的裂缝和呈周期变化的颜色，仅此而已。”

“我都不知道人类都已经发现了这些。”

“当然是了。可是，人类——”

“顺便问一句，”我问他，“月球上多大的东西用最高倍数的望远镜可以看到？”

“大概教堂这么大的建筑是可以被看到了。当然了，像什么城镇啦，建筑啦，或者其他类似的人工建造的东西，也可以被看到。月球上也许也生活着昆虫，就像地球上的蚂蚁一样，它们为了躲避月光，藏在深深的地洞里。或者还会有什么新的物种吧，这就没法和地球生物相比较了。在月球上发现生命，那也是极为可能的事情。想想这和地球生命的不同吧。生命个体必须适应有如地球十四天那么长的白昼，想想没有任何遮挡的太阳照射，整整十四天！然后便是和白昼一样周期的黑夜，温度会变得越来越低，天幕中全是些冰冷刺眼的星斗。在这样的夜晚，极寒的温度要比地球的冰点低大概 273 华氏度。无论那里的生物是怎么样的，都必须在夜晚蛰伏，白昼时活动。”

他想了一会儿。“你可以想象那儿的生物也许就像是虫子一样，”他说，“它们就像地球上的蚯蚓吃土一样，它们吸收固体空气。或者，会有那种长着很厚皮毛的怪兽——”

“那么，”我说，“为什么我们没带一支枪啊？”

他没有回答我的问题。“不，”他最后只是说，“我们先要到那儿，到那儿了再说。”

我想到了别的事情。“当然，无论如何是会有矿产的，”我说，“无论具体的状况是怎样。”

过了一会儿，他告诉我说我们得稍稍改变一下飞行路线，让地球对我们再产生一些引力。他打算把朝地球的一块遮光板打开 30 秒。他提醒我说一定要把手靠在玻璃上，因为我的头肯定会有晃动，这样就能避免摔倒。我按照他的指令做了，我把脚抵在那些食品箱和储氧筒上，以免砸到我。然后滴答一声，窗户打开了。我的手和脸感觉有些麻木，在我伸开的手指之间，我看见地球在天幕的下面。

我们距地球还很近，加富尔告诉我说，这个距离大概就是 800 英里那么远，所以地球看起来就像是一个大圆盘。但是可以非常清晰地看到地球是个球体。我们脚下的区域应该也是模糊不清，一片朦胧。而西边广阔的大西洋在落日的辉映下，像极了一条熔化了的银条。我发觉我相继看到了雾蒙蒙的法国和西班牙的海岸线，以及英国的南部。又是滴答一声，窗关闭了。我感觉自己突然有些搞不懂状况，身子慢慢地滑向光滑的玻璃。

最后，我重新弄清楚了状况。我确信月球就在我们脚下的位置，而地球呢，就在远处的地平线的某个位置。而在这之前，地球确是一直在我们人类的脚下，从有生命时就是如此。

因为失重，我们根本不怎么消耗体力，所以自启程以来，尽管已经过去六个小时（加富尔的航行表上的读数），我们却一点都不想吃东西。我非常讶异，时间过得这么快。加富尔检查了一遍吸收碳酸物和水的设备，然后说一切运行正常。我们消耗氧气的量已经极为有限了。因为实在不想再多说话，也没有什么事情可做，碰巧我们都犯起了瞌睡，于是我们就把毯子铺好，并且尽可能地遮住了照射进来的月光。互道晚安后，我们就睡过去了。

就这样睡过去一会儿，醒来说会儿话，或是阅读一小会儿，吃点东西什么的，尽管没什么胃口。但是更多的时候，我们是似醒非醒的状态，穿过了不分白昼黑夜的一段时间，寂静地，轻飘飘地向月球飞去。

注：很奇怪的是，在球体里面，我们根本没有食欲。即便没有吃，也根本不想吃。一开始，我们还强迫自己吃点东西。但是后来，我们就完全不吃了。所以，我们总计吃掉的食品还不到我们储备的百分之一。我们呼出的碳酸物的量也非常小，这让人匪夷所思，我很难给出一个合理的解释。

第六章

有一天加富尔打开了六扇遮光板，我几乎被光刺得看不见东西，我不禁喊了起来。这段经历我还历历在目。现在看到的区域就是月球了。像是一把明亮的弯刀被黑暗豁掉了一牙，又像是夜的潮水退去后的一弯新月，喷薄欲出的是太阳刺目光芒下的山峦。我想读者都看过月球的图片或是照片，所以我不用再大篇幅描述月球上的景致。那些比任何地球山脉更有气势的环状山系，山巅在白昼闪耀光芒，留下粗犷又深重的影子，灰蒙蒙的荒芜着的平原地带、山脊、丘陵、环状山脉，这些景物都会转瞬从日光的炽烈照射中变得神秘而黯淡。我们在离月表一百英里左右的距离飞行，飞过山脉峰峦。我们所见之物，在地球上绝无可能目睹。在炫目的日光下，那些岩石和平原地带或是环状山口裂缝的轮廓在厚厚的雾气中显得有些灰暗难辨，所以被日光照射成白色的表面就呈块状或片状。这些块状和片状的颜色又迅速缩小或消失，在月表上留下斑驳的棕色或橄榄色的奇异色调。

我们并无太多时间流连这样的景致，因为已经碰到了这次旅程中的真正的危险。我们在绕月飞行的同时，必须得不断地靠近月表。这就需要我们放慢速度，找好时机准备着陆。

对加富尔来说，这个时间是很难熬的。而对我来讲，我只有爱莫能助地焦急。我总要给他腾出合适的位置，这让我甚是为难。他灵活地跳跃，从球体的一处跳向另一处。这在地球是根本不可能实现的。在这最关键的最后几小时里，他把加富里特涂层的窗开了又关，不知到底如何是好。他还不断地演算，借助微弱的灯光参照航行表上的读数。有很长一段时间，我们把窗全关了，任凭球体在死寂的黑暗里下坠。

接着，他摸到了窗户按钮，四个窗户立即打开了。我踉跄了一下，马上用手捂住了眼睛，因为脚下的日光夺目的光线让我的眼睛完全无法适应。而后窗又猛然关上，我的大脑像是打了个转儿一样，眼前又是一片黑暗。在这之后，我感觉自己又一次飘浮在了巨大的沉寂当中。

然后，加富尔打开了灯，我们还在下坠中，有些颠簸。他告诉我他要用毯子把我们所有的行李都裹起来。我们是关了所有的窗来打点行李的，因为这样的话所有的物品都会积聚在球体的中央。这本身就是一件极其滑稽的事情。我们两个人都飘浮着，却要竭力捆绑拉扯绳子。想想你可不可以搞定！不能上也不能下，无论怎么努力都是徒劳无功。我一会儿被加富尔用力一推，靠在了玻璃内壁上，一会儿又只能蹬蹬腿，怎么都动不了。时而，闪烁着的灯光在我头顶，时而在我脚下。但是最终我们还是把所有的东西归拢到了一个松垮垮的大包里，只留下两条能露出头的我们打算裹身子用的毯子。

突然，加富尔打开了朝着月球方向的一扇窗，我看见我们正在急速下降，底下是一个环状山和更小的环状山重叠交错的地貌。接着，加富尔又调整方向，向着炙热刺眼的太阳的位置飞行。我想他大抵是想利用太阳的引力来做刹车吧。“用毯子把自己遮住！”他喊道，把我一把推了过去，我当时一下子蒙了。

我从脚下扯过毯子，把自己包了起来，连头和眼睛都裹住了。然后，他又一下把遮光板都关闭了，打开了一个又关上。然后，所有的遮光板都被打开。每一扇遮光板都精确地卡到了钢轴上。然后球体就变得像个坛子一样，我们滚来滚去，不断地碰在玻璃内壁上，又被弹到我们的行李包上。我们紧紧抓着对方，我看到外面白色的东西闪过，就像是滚下了一个雪坡一样。

“滚动，抓着对方，碰撞，又抓住对方，再碰撞，又滚动……”

砰的一声，我半个身子已经被埋在了我们的行李包里。一切似乎停了下来。我能听见加富尔边喘气边嘴里嘟哝，有扇遮光板的边框啪嗒作响。我用力推掉用毯子包裹的行李，钻了出来。开着的窗户就像是缀满了星斗的黑色幕布。

我们还活着，我们就躺在当时我们坠落的环形山口的地面上。

我们起身，喘了口气，感觉到胳膊和腿上有瘀伤。我想我们俩都没想到我们会这么草率地落地。我很吃力地站了起来。“现在，”我说，“我们来欣赏一下月球的美景吧！可是——到处一片漆黑呀，加富尔。”

玻璃上全是雾气，我边说边用毯子擦了擦。“我们得等半个小时左右就天亮了，”他说，“我们只有等等了。”

什么都看不见。我们在里面困了这么久，不就是为了来这里看看。我越擦玻璃越脏，我拼命地擦，但是新凝结的水汽又迅速和毯子上的纤维混在一起，窗户又变得模糊不清。当然，我不该用毯子擦的。在擦玻璃时，我在湿滑的玻璃表面滑倒了，小腿撞在了从我们行李包里突出来的那个储氧筒上。

这真让人气恼——真是荒唐透顶。我们这就已经到了月球表面，我们没发现什么奇观，我们还是只能面对着我们抵达时搭乘的这个大圆球，隔着这灰暗的滴着水的玻璃内壁往外看。

“妈的！”我咒骂道，“早知如此，我还不如就待在家里。”我蹲在行李边上，冷得发颤。我将毯子越裹越紧。

突然，我发现水汽凝成了冰花的形状。“你能够得着电热器吗，”加富尔说，“对对——就是那个黑色的按钮。要不然我们会被冻死。”

我迅速做出反应。“那现在，”我说，“我们该怎么办？”

“等待。”他说。

“等什么？”

“当然需要等等了。我们得等到里面的温度高一些，这样玻璃壁会清晰一些。要不然，我们什么都看不见的。现在还是月球上的黑夜，我们必须得等到白昼到来。对了，你饿不饿？”

我没有立即回答他。我心情很糟很烦。我极不情愿地把脸转过来看了眼他，窗上还是结着厚厚的霜冻。“饿，”我说，“我不只是饿，我感觉有些失望。我期待的——我其实也不清楚我期待看到什么，但绝不是这样。”

我嘴里嘟哝了两句，把毯子拢了拢，坐在行李包上，开始吃饭。这是我在月球上的第一餐。我好像没有吃完——其实我也不记得了。过了一会儿，霜冻先是一片一片的，然后开始大面积剥落，玻璃透亮了。神秘而未知的月球画卷就展现在我们眼前了。

我们争相向外窥望。

第七章

第一眼看到的月球，原始又荒凉。我们所在的位置是一个巨大的环状平原，它像是一个巨大的圆形剧场，其实是一个巨大的火山口。四壁的悬崖让我们举步维艰。向西看去，还在视线以外的太阳发出光芒，照亮了崖壁，也照到了这悬崖的每一寸地方，灰色岩石的断崖绝壁堆成了一簇簇，岩缝里有层层积雪。这些景物可能离我们有个几英里远，但是因为一开始没有什么雾气，所以这些清亮的岩体裂缝像是在和我们对视一般。在夜晚的星空里，这样的景象清楚得让人几近眩晕，目光所及之处不像是广阔的天际，更像是一块巨大无比的缀满了星星的天鹅绒。

东边的悬崖最先没有了星星的点缀。没有朝霞，也没有鱼肚白，白昼就这样突然来临了。只有锥形的闪耀着亮光的日冕和黄道带，照向熠熠星群。这是一个信号，太阳已经在不远处了。

西边的悬崖反射着我们周围所有的光亮。光亮处有一片非常广阔的波形平地，带着冷寂的灰蒙蒙的色调，这灰色调慢慢向东蔓延，在悬崖的阴影处渐变成一片漆黑。不计其数的环形山脉，形状诡异的山冈和像雪一样的堆积物连绵不绝，一直通向远方未知的地方。这些都提醒我们，火山口壁离这里，应该有相当的距离。那些小山冈看起来都像是积雪一样，起初我真以为那是雪。但是，后来发现它们是……是大量的被凝结的空气形成的小丘陵！

这才一转眼工夫，很快，几乎是在还没有回过神来的一刹那，白昼到来了。

阳光从悬崖上直直倾泻而下，一直照射到悬崖的最底部，然后又像潮水般向我们涌来。远处的悬崖好像在移动，在摇晃。黎明的曙光在火山口蒸腾出灰色的雾气，这些烟雾旋转，膨胀，像是灰色的幽灵一样。然后雾气越来越多，越来越浓，到了最后，整个西边的平地就是被烤在火山的一方手巾，而西边的悬崖则像是从上方发射来的道道强光。

“这是空气，”加富尔说，“肯定是空气——要不然它怎么会在日光的照射下升腾呢，而且是这样的方式……”

他向上瞄了一眼。“快看！”他说。

“什么？”我问他。

“已经在空中了！看，就在那团黑色上，有一点蓝色。看到了吧？星星看起来更大了，我们在太空中看到的那些小的和模糊的星星，都不见了！”

就这样飞快地，白昼就逼近了。连绵不绝的灰色山脉被日光照耀，最后都变成了烟白色那么浅的颜色。最终，在我们的右手边，一切都被湮没成了一片白茫茫的雾，起伏不定并不断积聚。远处的悬崖都逐渐变得模糊，在这白雾中忽隐忽现，最后消失在了一片朦胧之中。

蒸腾的白雾不断地向我们靠近，就像是刮西南风时的乌云一般。我们周围迅速升起一层雾气，太阳要出来了。

加富尔抓住我的胳膊。

“怎么？”我说。

“快看呀！日出！太阳出来啦！”

他让我转身，指着我们东边忽隐忽现的悬崖，暗得就像这天空的颜色。但是很快，悬崖的轮廓变得清楚，边际被非常奇异的红色勾勒。像是红色的火舌在狂舞、跳跃。我心想这肯定是盘旋上升的水蒸气遇到了日光，然后在空中形成了这样喷薄的火舌。这种景象在地球上是难得一见的，因为大气层会遮挡我们的视线。

然后，太阳升起了。

慢慢地，一道耀眼的光线冒了出来，先是一段弧形的细长的光线，接着，这段弧形的光线慢慢扩大，变成弓形，绚烂夺目。就像一把利刃一样，刺过来热辣辣的光。

我担心这会刺伤我的眼睛。我喊出声来，几乎是盲了双眼，四处找在行李包底下的那条毯子。

伴随着这种炽烈的光，有一个声音传出来，这大抵是我们自抵达月球以来听到的第一个声音。那是一种窸窸窣窣的声音，像是已经来临的白昼穿衣时的声响。在这声响和光亮中，我们眼花缭乱，踉踉跄跄地互相靠着。我们的球体又晃了一下，外面的声响更大了。我赶快闭上眼睛，手忙脚乱地用毯子遮住头部，我摔了一跤。我倒在了我们的行李包上，我想睁开眼睛看一眼玻璃球外面的景象。外面是一片沸腾的景象，像是把一根通红的火棍插到了白雪里面。方才提到的那些凝结起来的空气，一碰到阳光，就变成了像是黏糊糊的膏体、泥浆或是脏兮兮的液体，发出嘶嘶的声音，冒着泡泡。

球体更剧烈地晃动了一下，我们被撞到了一起。然后又开始翻转。我们转啊转，直到后来我发现自己完全是趴着了。月球的白昼开始完全地控制我们，似乎是要告诉我们这些不起眼的人类，它可以随意摆布我们。

我又朝窗外瞥了一眼，水蒸气在噗噗作响，半液态的烂泥一样的东西，像是被挖出来一样，翻腾又陷落。我们又一次陷入了黑暗当中。我摔了下去，加富尔的膝盖抵着我的前胸。接着，他好像要飞离我一样。有好一阵子，我只能精疲力竭地躺着，盯着头顶发呆。这些熔化了的物质溅在我们的飞行器上，几乎将我们掩埋，然后这些糊状的东西又迅速溶解，蒸发掉了。我看见玻璃外壁上布满了泡泡。这时，加富尔发出了微弱的叫喊声。

然后，这快要熔化了的空气像是发生了山崩一样。我们被裹挟，像是被这星球发出了通牒一样。我们滚下一个斜坡，越滚越快。球体滚过沟壑，跨过小山丘，继续飞快翻滚，就这样一直向西，滚入炙热发烫的月球的白昼。

我们互相抓着，左摇右晃，碰到这儿，碰到那儿的。行李包不断地被弹起，砸在我们身上。我们碰撞，互相牵扯，身体像是被拆散了一样。头也会碰在一起，眼前像是碰撞出飞镖和星星一样，让人眩晕。这要是在地球上，我们应该早都不知道撞了有多少个回合，撞得还有没有人形了。幸运的是，月球上的重量只相当于地球的六分之一，所以我们摔得并不是很严重。我只是记得有种非常恶心的感觉，就像是脑袋中的内容物全被倒置了一样。然后——

我感觉有什么东西在我脸上动，耳朵上也有细小的像触须一样的东西。外面炙灼的白色透过玻璃显得没那么刺眼了。加富尔在我的上面弓着身子，我看见他脑袋朝下，戴着一副护目镜。他呼吸很急促，嘴唇瘀青，像是流着血。“好点了没有？”他一边问我，一边用手背蹭了蹭嘴上的血。

好像什么都在摇晃，但也许只是因为我头晕的缘故。我注意到他好像关闭了外面的几个遮光板，怕是担心我被灼伤吧。我看到周围的一切都很耀眼。

“老天啊！”我喘着粗气，“可是这——”

我伸长脖子看了看，感觉外面的光线很强烈，和一开始抵达月球时的死寂的黑暗完全不同。“我昏迷了很久了吗？”我问他。

“我也不清楚——航行表坏了——可能时间不长吧。亲爱的老兄，我担心……”

我躺着，心里想着他说的，我看见他依旧神采奕奕的样子。有半晌，我未说话。我试着摸了摸自己有没有受伤，也看了看他有没有类似的伤什么的。我右手的手背疼得最厉害，皮蹭掉了，肉都露出来了。我额头也有瘀伤，出血了。他送给了我一个应急贴还是什么的——我忘了叫什么了——当时我们出发前带的。我贴上之后好像好了一些。随后，我伸了伸四肢，我便能开口讲话了。

“不会的。”我说，就像我们谈话从未中断一样。

“不，不，不会的。”

他把手垂在膝前，若有所思。看了看窗外之后，他盯着我说：“不会吧?！”

“怎么了？”我问完停了几秒，“我们难不成被弹到了热带地区？”

“正如我预计的一样。空气都被蒸发掉了——如果那是空气的话。无论如何，它是被蒸发掉了，我们看到了真正的月表。我们现在正停靠在一处土质岩石上。你看你看，裸露的土壤。真是奇异的土壤啊。”

我突然觉得没有必要解释。他帮我将我安顿、坐定，这样我就可以自己观察了。

第八章

那骇人的、让人烦躁的白与黑的景象全然消失了。太阳的光芒带着一丝黄褐色调。悬崖上投下的影子，在火山口呈深紫色。东边，厚厚的云雾又积聚了起来，而西边的天空却蔚蓝清亮。我意识到我已昏迷过去多时。我们不再是在一片浩瀚无垠的宇宙中，周围升腾着一层大气。物体的轮廓变得清晰可辨，那些散落的白色物体不再是凝结的空气，而是雪。以前一片皑皑的像北冰洋般的景致已经不复存在了。周遭尽是些巨大的泛着棕锈色的土堆，暴露在烈日之下，显得毫无秩序。在这些雪堆的旁边，时不时会有些临时形成的小水塘和水洼什么的，这让这片荒芜之地多多少少增添了一些生机。日光直射着飞行器顶端的两块遮光板，我们待在里面犹如盛夏。但是，幸好我们脚下要好一些，没有阳光照射，飞行器停在了一处雪堆上。

斜坡上处处布满着像细细的小棍子似的物体，在背着太阳的一面，它们上面还留有未融化的积雪，这将它们的轮廓衬托得更加的清晰。这些看起来极其干燥又扭曲着的棍形物体，和它们下面的岩石一样，都是那种铁锈色。这立刻让人浮想联翩。棍子！在没有生命的星球上？后来当我的眼睛已经完全适应了这种景物之后，我才发现这儿到处都是这种纤维型结构，就如同在松树的凉荫下通常会看到的一片一片的松针一样。

“加富尔！”我喊道。

“在。”

“也许我们之前认为这是个没有生命的星球……可是……万一……”

话说到这儿，别的东西又吸引了我的注意力。我在这些细细的棍子下面看到了一些圆形的东西，有一个好像在动。

“加富尔……”我小声说。

“怎么了？”

我没有立马回答，而是保持着非常警觉的观望。突然——我不敢相信自己所见。我下意识地喊了一声，抓住了他的胳膊。“看！”我指着说，我觉得自己舌头都不好使了，“就在那儿！对！就在那儿！”

他的眼睛盯着我手指的地方。“是什么？”他说。

怎么描述这个东西呢？它小到不值得怎么描述，但是它看起来却很奇妙的样子，像是充满了感情一样。我刚提到过，在那些小棍子一样的东西的周围，有圆形物体。这些小小的椭圆形的东西像是移动的鹅卵石一般。先是一个，然后另一个也开始动了。它们翻滚着，然后裂开，然后在裂缝中，露出微弱的黄绿色，像是在日光的催促下，这些颜色也要奔赴太阳炽烈的邀请一样。有那么一会儿，就这两个小东西在翻滚，然后，又有了动静，那是第三个！

“那是个种子吧。”加富尔说。然后我听见他非常细声地说：

“生命！”

“生命！”我们随即意识到原来我们真的不虚此行。我们来到的并非什么矿产丰饶之地，而是有生命在活动着的世界。我和加富尔密切地注视着这一切，我记得我一直用衣袖擦眼前的玻璃，怕错过哪怕一丁点儿不清楚的细节。

只有中间部分的景象还算清晰可辨。周围的毫无生气的纤维和种子，因为玻璃球体的缘故，都被扭曲变形了。但是已经很不错啦！这些褐色的小东西在太阳下的斜坡上一个一个地蹦下来，然后像豆荚或是果壳那样炸开了。它们像是张大了嘴巴，想要吸收初升太阳的光和热一样。

总有新的种子从壳中迸裂。那些已经更早开始迸裂了的种子，吸满了光和热，甚至完全冲破了外壳，即将迎来下一阶段的生长。这些有着惊人力量的种子似乎是要坚定而迅速地向下扎根一样，生长出奇异的像包裹一样的幼芽。不一会儿，整个斜坡上已经遍布这样的微小植物，顶着煌煌日光。

它们好像一直在生长。这些包裹状的幼芽开始膨胀，像是努力在挣脱什么一样，突然一下子张开了。这些植物露出了尖尖的红色花冠，然后伸展出细小的穗状的棕色叶子。这一切在我们的注视下就这么迅速地完成了，动作之快甚至超过了任何的动物。我从未亲眼见过哪种植物如此地生长。怎么说呢？——是说不停歇地生长还是什么？就在我看着它的时候，叶尖又蹿上来一点，棕色的壳迅速萎缩，然后被吸收。试想，你有没有在冷天把温度计捧在手里，看上面的读数迅速攀升？月球植物的生长差不多就是那样。

好像就是在几分钟内，更多的幼芽冒了出来，长出枝干，然后抽出第二轮叶子。方才还了无生机的斜坡一下子被这橄榄色的植物铺满，欣欣然生长的穗芽，在风中摇摆。

我转过身，被惊呆了。上方靠东的岩石上，也布满了这样的植物，生长速度几乎是和先前的植物一样的快。在炽烈的日光下，显得有些发黑。在岩石的边缘，是一大团植物的剪影，长着像仙人掌那样的枝叶。这些植物也是在明显地膨胀生长，像是一个个充满了气的气囊。

向西看去，我发现还有像这样不停在生长的植物，日光照射在它们光滑的表面上，我看到了明亮的橙色。也是和方才那样，我看着它们的时候，它们就在生长。如果向别处看上一分钟然后再回过神看它们，这些植物的轮廓已经又大不同了。像是在一刹那，这种植物冒出来粗短的枝丫，迅速地，它们变成珊瑚一样的形状，有几英尺那么高。地球上有种叫马勃的植物，一天能长大一英尺。但是马勃和这些月球植物比，只能望尘莫及了。但有一点是，马勃的生长环境是超过月球引力六倍的地球。

在远处，我们所不能看到的沟壑、平原以外的地方，这耀眼的太阳却是能照到它们的。在这些太阳照射到的岩壁和土坡上，也有着欣欣然生长的植物，它们好像是必须在这短暂的白昼急匆匆地完成开花结果，变回种子以及死亡的全过程。这生长，真是一个奇迹。所以，一定要想到的一点是，在这里，树和植物在这个星球诞生之初就应该有了，这才能遮蔽月表不怎么肥沃的土地。

回想一下，回想一下那黎明时分。被凝结的空气是如何复苏，土壤怎么松动，植物悄无声息地迸发以及地球上绝无可能存在的硕大穗状植物。想想这日光炙烤着的一切，你肯定会觉得地球上的太阳光是黯淡而虚弱的。还是在这蠢蠢欲动的丛林里，哪里有阴影，哪里就有淡蓝色的积雪。要想我们的描述给你的画面更加完整，你要记住一点，那就是这些我们所见之物都是隔着厚厚的玻璃看到的。就像是被透镜扭曲了的景物一样，也许只有中间部分是准确而明亮的，边缘的部分都被放大并且失真了。

第九章

我们不再往外瞭望，转身，对视了一眼。我们的眼神里是一样的好奇，充满疑惑。植物能生长的地方，必是有空气的。不管它怎么稀薄，我们应该是可以呼吸的。

“打开出入口？”我问他。

“打开！”加富尔说，“如果我们看到的确是空气的话。”

“等一会儿，”我说，“这些植物都像人一样高。要是……万一……确定是空气吗？你怎么断定它一定是空气呢？也许是氮气，还可能是碳酸物。”

“判断这还不简单。”他边说话，边开始想办法证明他是对的。他从包裹里取出一张皱巴巴的纸，点着，然后从阀门处迅速地扔出。我俯下身子，透过厚玻璃壁观察。这团小火焰怎样燃烧会是很重要的一个凭证。

我看见这张纸轻轻掉落到了雪地上。燃烧着的粉色火焰慢慢隐去了。过了一会儿，它好像熄灭了一样。然后，我看见这张纸的边缘部分冒出一簇极小的蓝色火苗，抖动着，燃烧，并且蔓延。

整张纸除了贴着雪的部分，都被烧成黑色，蜷缩，冒出一缕断断续续的烟。我不再有任何的怀疑。月球上的大气要么是纯氧，要么是空气。除非这大气太稀薄，要不然为我们这些外星生物提供氧气还是可以的。我们可以考虑出去——呼吸！

我跨在出入口处，打算把阀门打开，但是加富尔拦住了我。

“做好预防工作。”他说。他指出尽管我们可以确信外面的大气一定是氧化气体，但是我们有可能因为氧气含量太小而面临危险。我想到高原反应，以及在空中攀升太快的宇航员会有的流血的反应。加富尔调了一种不适症状测试剂，他坚持让我试试。我喝下去之后觉得有些木木的，可能是因为产生了药效的缘故。随后，他让我打开阀门。

我拧阀门的时候，从螺丝缝隙中钻进来的空气发出像水壶中的水要烧开时的呲呲声，这是因为球体内的空气密度要大一些。他叫我先停了下来。很快，我们发现球体外的压力要比球体内小很多。但具体小多少，我们无从知晓。

我坐下来，两手紧紧抓着阀门。尽管我们抱有很大希望，但是一旦大气太稀薄，就要做好随时关闭的准备。加富尔坐在一边，手里拿着压缩氧气筒，试图恢复球体内的气压。我们没有说话，对视了一下，然后就又被外面那熙熙攘攘生长的植物所吸引了。这时那种呲呲的声音又响了起来。我的耳朵被震到了，加富尔的走动声我都不再能听得见。我也注意到外面的很多东西都是静止的，因为空气太稀薄了。

球体内的空气从螺丝中逸出，球体内的湿气开始凝结成水滴。

很快，我感觉呼吸有些吃力。事实上，这种感觉在我们被暴露到月球大气中的整段时间，一直都有。与此同时，耳朵、指甲和喉咙都非常难受，但是这些感觉又很快消失了。

接着，我感觉眩晕，恶心。这立刻吓得我不敢出去了。我把出入口的盖子拧了半圈，然后急忙跟加富尔解释了一下。加富尔好像很乐观的样子。他回应了我，但是因为空气太稀薄，声音太小，好像离得很远一样。他让我喝点儿白兰地，他自己先啜了一小口。我感觉舒服了一些。我又走到了出入口的闭锁装置处，耳朵里的嗡嗡声更强烈了。突然，我发现，球体内的空气冲击外面大气的声音已经停了下来。我一时都不敢确定这声音是否真的停了下来。

“好了。”加富尔说，声音听起来幽幽的。

“好了吗？”我说。

“我们要出去吗？”

我想了想：“这样可以吗？”

“如果你能挺得住。”

我边说，边接着拧阀门。我拧开圆形的盖子，轻轻地放在了行李包上。

稀薄又陌生的气体占据了整个球体。几片雪花飘进来，然后消失了。我跪下来，然后坐在出入口的沿儿上，向外眺望。在下方距我不足一码处，就是月表上的积雪。

我们都没有说话，对视了一眼。

“你肺部没有不舒服吗？”

“没。”我说，“还可以忍受。”

他伸出手，拿了毯子，然后把头伸出来，用毯子裹着自己。他也坐在出入口的位置，脚耷拉下去，离月表大概六英寸的样子。迟疑了一会儿，他身子往前倾了倾，跳了下去，跨过了这一小段和月球表面间的距离。然后，他就踏上了这从未有人涉足过的月表。

他向前跨的时候，从玻璃边缘的位置看去，一副很扭曲的样子。他停了下来，这儿看看，那儿看看，然后纵身一跃。

玻璃好像扭曲了所有的事物。即便如此，我觉得他跳跃的步子也够大的。他跳一步，就落到了很远的地方，我觉得能有二三十英尺那么远。在一块岩石上站定以后，他回过头跟我说话。我想，他也许是在喊吧——但是我依旧什么都听不见。可鬼知道他是怎么跳那么远的！我突然觉得自己好像是看了一个迷幻的魔术表演。

我也不知道怎么的，就钻出来了。我站了起来，在我的前方，雪堆中间裂开一条小沟渠。我朝前一步，跳了过去。

我觉得自己像是飞了起来，眼看着他站的那块岩石就要碰到我，我紧紧抓住，靠在上头。这一切太奇幻了。

我非常费力地笑了笑。其实我心里很疑虑。加富尔俯下身，冲着我说务必要小心，声音尖利。

我差点忘了。月球的质量仅为地球的八十分之一，直径是地球直径的四分之一。我的体重也只有在地球上的六分之一。而现在我必须得想到这一点。

“我们现在已经脱离地球的约束了。”他说。

我小心地爬到顶上，像风湿病人那样克制地移动着，然后和他站在一起，头顶着炽烈的日光。我们的球体就在离我们约三十英尺的地方。

目光所及之处，在火山口底部杂乱的岩石上密密麻麻地遍布着欣欣然向生的灌木丛。而它们的周围是仙人掌一样的暗红色的地衣类植物。它们生长得极快，像是要铺满整个岩石地带。我原以为火山口应该是和周围悬崖一样的寸草不生。

悬崖上除去最底部还有一些植物外，几乎是寸草不生。那些个外突的岩体并未能吸引我的注意力。从任何一个方向看去，周围的东西都好像离我们有好几英里的距离，我们几乎是在火山口中心的位置。有一阵风吹过，我们透过一层薄雾隐约看到这些。尽管大气很稀薄，但依旧能刮起风来。风速很快，风力并不大。但是很冷，气压很小。这风是从火山口周围吹进来的，从背阴处雾气笼罩的黑暗中吹向炙热的有太阳照射的地方。要在这向东蔓延的雾气中看清景物是相当困难的。我们不得不用手遮在眼睛上，眯缝着眼睛看。太阳的光实在太强，纹丝不动地照射着。

“这里好像很荒凉啊。”加富尔说，“真是太荒凉了。”

我再次环顾四周，依然抱有这样的希望，这里会有像人类一样的生物，有废弃的建筑、房子、引擎什么的。但是放眼望去，到处是延绵不绝的山丘，飞速生长的灌木丛和不断膨胀着的仙人科植物。这一切几近让我对心存的希冀绝望。

“看起来就只有这些植物生长在这里，”我说，“我真看不到有别的生物存在的证据。”

昆虫没有，鸟类也没有！没有哪怕一丝一缕的有动物存在的迹象。那如果有的话，它们夜晚怎么办？……不，肯定不会有，这里也就只有这些个植物了。

我用手遮住眼睛。“就像是一场梦一样。与其把这些植物和地球植物比，还不如说像深海海岸上的植物。看那边，我们可以把它们想象成是蜥蜴变成的植物。还有这耀眼的阳光。”

“这才是清早啊。”加富尔说。

他叹了口气，环顾了四周。“这里应该没有人。”

“但却不知道怎么的，很有吸引力。”

他沉默了一会儿，然后就又发出了他思索时的那种嗡嗡声。有什么东西轻轻地碰了我一下，我发现我的鞋子被一层薄薄的地衣包住了。我踢了一脚，有粉末掉出来，但这掉落的每一片又开始独自生长。

我听见加富尔的尖叫声，然后看见有硬刺扎在他身上。

他迟疑了一下，在周围的岩石中搜寻着。突然，一道粉色的强光射到了一堆斑驳的石块中间。我从未见过那样一种奇异的粉色，应该是泛着青色的紫红色。

“看啊！”我说，转身的工夫，发现加富尔已经不见了。

我一时愣住了。我三步并作两步想到岩石边缘处看看。令我惊异之余，其实我又忘了我们是在月球上。我刚刚脚上使的劲儿在地球上也就能跨过一码的距离；而在月球上，这样一跳却能跳过五六码，我越过岩石边缘处直接掉了下去。那时，我觉得自己很像是在噩梦中不断地下坠一般。因为在地球上一个人下落的第一秒钟，下落的距离大概有十六英尺，而在月球上，人只会下落两英尺。而且，体重也只有在地球上的六分之一。我跌落，或者不如说是往下跳，大约有十码。这似乎费了很长时间，我想有五六秒钟。我仿佛在空中飘落，就像一片羽毛一样，最后落在齐膝深的一个雪堆里。这雪堆在一条蓝灰色、白纹理的石谷底部。

我四下看了看。“加富尔！”我喊道，但是没能看见他。

“加富尔！”我大声喊，岩壁传来我的回声。

我赶忙爬上了岩石的顶端。“加富尔！”我拼命地喊着，声音像是一只迷途的羔羊。

我们的球体，也看不见了。刹那间，我心里涌起一种被抛弃的恐惧。

然后我看见了他。他又是笑又是比画的，为了能吸引我的注意。我看见他在我二三十码开外的一块光秃秃的岩石上。我听不到他在说什么，但我能明白他比画的意思是让我“跳”。我迟疑了一下，因为这距离实在有些太远。但我想了想，我肯定能比加富尔跳得远。

我后退了一步，用尽全力向前跳去。我好像是直接射向空中一样，不会再掉落下来。

我又害怕又高兴，因为这种飞出去的体验就像是在噩梦里那样的疯狂。我意识到也许自己跳得太猛了。我从加富尔头顶飞过，然后看见自己落在一片高低不平的沟壑中。我因为害怕，发出叫喊声，手不由得伸开，腿绷得紧紧的。

我撞在了四处散落着的蕈菌植物上，顿时里面橙色的孢子四处乱飞。我身上也落满了这橙色的小东西。我嘴里咒骂着，不禁气得笑了起来。

我注意到加富尔从一堆茂密的矮树丛里探出脸来。

他显然是想大声地问什么，但是声音显得很微弱。

“怎么？”我也试图说话，但是呼吸实在是困难。

他向我这边靠了过来，非常小心地穿过那些灌木丛。

“我们得小心一点，”他说，“月球可和地球不一样，弄不好我们会粉身碎骨。”

他扶我站了起来。“你用力太猛啦。”他边说边拍打我身上的黄乎乎的东西。

我任由他拍打我膝盖上、胳膊肘上的粉末。他也没忘数落我：“我们没有考虑引力的因素。肌肉也没适应这种变化。你先喘口气，我们练习一下。”

我从手上拔掉了两三根刺。随后坐在一块圆形岩石上，休息了一会儿。我浑身肌肉都在发颤，有一种希望破灭般的心情。就好似初次学自行车，从上面掉下来一样。

加富尔突然想到，这沟底一会儿没有太阳了，我们会冻感冒。

所以我们重新爬到有太阳的地方。我看了看，除了轻微的擦伤以外，我在滚下来的时候没受什么伤。加富尔提议我们四处找找更安全、更好落地的跳跃点。最终，我们选定了十码开外的一块岩石，和我们之间仅仅隔着一小丛橄榄绿色的花穗。

“我们跳到那儿。”加富尔指了指我们脚下约四英尺远的一块地方，神情像是一个训练有素的运动员一样。必须得承认，我这次毫不费力地跳了过去，而且我自鸣得意的地方是，加富尔离落地的地方却近了有一英尺，他扎到了刺。这样一来，他不再对我指手画脚了。我们更像是齐心协力的队友一样。

我们还是选了更容易跨过的地方，很容易就跳过去了。然后再跨回去，练了好几个来回，我感觉肌肉能适应这种新的环境了。要是没亲身经历过，我真不敢相信这个适应过程其实真的挺快的。在跳了有三十次左右之后，我们几乎不用再花时间考虑，就可以判断用多大的劲儿可以跳过多远的距离，就像在地球上一样。

我们周遭的月球植物在不停地生长，长得越来越高，长得越来越茂密，错综盘结，好像每时每刻都在长高长大一样。各式各样的花穗状植物，仙人科植物，蕈菌类和肉乎乎的地衣类植物遍布四处，呈辐射状或盘结状。因为我们更关注跳跃的练习，一直没有特别留意这绵延的生长。

我俩都很兴奋。我想，这可能是因为我们摆脱了球体的局限和束缚，感觉很放松。但主要是因为，这稀薄却又有些甜丝丝的大气令人愉快。我敢保证这大气中氧气的含量肯定要比地球大气中的高。尽管周遭的环境很陌生，我却感觉自己像是一个做好了探险和试验准备的伦敦佬要去登山一样。而且，我也并不觉得我们中的任何一个会因为面临这一切的未知，而感到格外的恐惧。

我们俩都被这冒险的刺激啃噬着神经。选了离我们十五码左右的一块遍是地衣的坡地，我们相继跳到了最高处，干净利落。“很棒！”我们彼此大喊道。“很好！”加富尔走了三步，又朝一片极美的雪地跳去，落在了二十多码之外的地方。我蹲在原地，被这奇异的姿态完全镇住了。脏兮兮的棒球帽，竖着的头发，小却浑圆的身子，紧紧收着的胳膊和穿着灯笼裤的双腿，这一切的背景是空旷又奇异的月球景色。我忍不住哈哈大笑起来，随后我也跨了过去。

咚！我就落在了他的身边。

我们向前走了几步，又跳了三四次之后，在一片满是地衣的洼地里坐定，肺部很难受的感觉。

我们坐在那里，抱作一团，喘着粗气，彼此脸上都带着欣赏的神情。加富尔大口喘着气，说着什么“奇妙的感觉”。我突然想到一件事。当时，倒没觉得这是多让人害怕的一件事情。只是自然而然就想到了而已。

“突然想起来，”我说，“我们的飞行器呢？”

加富尔看着我说：“嗯？”

我们这一问一答确实让人震惊不已。

“加富尔！”我喊道，我拽着他的胳膊问，“我们的飞行器呢？”

第十章

加富尔看到我的神情，也乱了阵脚。他起身，眼睛在自己周围搜寻着。灌木丛已经完全将我们包围，并且仍在不停地生长。他迟疑地把一只手放在唇间，说话的语气也一下子没有了之前那么强烈的自信。“我想，”他慢吞吞地说，“我们是不是就把它——放在那儿了？”

他的手不知道该指哪里好，像是画了一道弧线。

“我也不确定。”他的表情越发惶恐。“不管怎么样吧，”他说的时候，眼睛盯着我，“应该不会离我们太远吧。”

我俩都呆呆地站在原地，胡乱喊了几声。我们只能在错综盘结又茂密幽深的树丛中环视。

我们周围阳光炙烤着的山坡上，到处是飞速生长着的灌木丛和不断膨大的仙人科植物，以及蔓延盘踞的地衣。太阳照射不到的地方都是雪堆。从哪个方向看去，都是千篇一律的陌生景致。而在这陌生之中，肯定是在层层叠叠的某个地方，埋着我们的飞行器。那是我们的家，为我们提供供给的唯一来源，也是我们能从这植物极速生长着的荒芜世界逃离出去的唯一凭借。

“我怎么觉得，”他突然指着一个地方说，“应该在那边。”

“不，”我说，“我们已经转了一个圈了。看，我脚上有标记的。很显然，我们的飞行器应该是在更东的地方，一直向东，所以——飞行器应该在这边。”

“我觉得，”加富尔说，“我始终保持太阳在我的右手边啊。”

“可是我觉得，”我说，“每跳一下，影子都是投在前方。”

我们争执的时候，瞪着对方，火山口的位置实在是大得难以想象，还在不断生长着的树丛简直密不透风。

“老天啊！我们多傻啊！”

“我们肯定得再找到它啊。”加富尔说，“而且要尽快。太阳越来越毒了，如果不是空气潮湿，我们早被热死了。而且，我还——饿了。”

我看着他。之前都没怎么想到这个，但是忽然一下我就有了这种——饥饿感。“是的，”我又说了一遍，“我也饿了。”

他起身，非常坚定的样子。“我们肯定得找到飞行器。”

我们尽可能平静地在这无垠的岩石和丛林中找寻。我们心里都暗暗思量着我们在被热死或是饿死之前，找到飞行器的概率有多大。

“应该离这里有五十码吧。”我回应道，并不对此抱有多大希望，“要是这倒霉的灌木丛长得慢一点就好了。”

我绝望地在四周找寻着，试图辨别当时飞行器周围的山丘和树丛，可是周围全是让人极其容易混淆的相似景物。郁郁葱葱的灌木，疯长着的蕈菌和不断消融着的积雪。并且，这一切都在极其迅速地变化之中。

太阳炙烤着，难以名状的饥饿感和无边的迷茫感混杂在一起。我们站在原地，茫然又失落，一切都吉凶未卜的样子。可我们第一次听到了月球上的某种声音，它既不是植物簌簌的声音，也不是轻微的风声，更不像是我们自己发出的声音。

“砰！砰！砰！”

这声音从我们脚底下传来，是地底下传来的声音。耳边听到的声音，双脚都能感觉到震动。这沉钝的声音好像距离越远越微弱，而且像是因什么物体的遮挡而变得更沉钝。我从未想过有哪种声音会让我更震惊，或是能更完全地改变周围事物的面目。这声音厚重，缓慢而笃定，听起来像是被埋在地下的一座巨钟一样。

“砰！砰！砰！”

这声音使我想起了寂静的修道院，喧嚣城市的不眠之夜，守夜时难熬的时间，以及生活中秩序井然的一切。这声音响起，在这奇幻的荒漠之地迸发出耐人寻味又神秘莫测的力量。而眼前的一切，都未改变。荒凉的灌木丛和仙人科植物，在风中静静地摆动，绵延不绝，一直伸向远方的悬崖，寂静又漆黑的天空辽远空阔，太阳依旧炙烤着。在这样的衬托之下有一个声音在震荡着，像是警告，又像是威胁一样。

“砰！砰！砰！”

我们轻声相互问道：“是钟的声音？”

“像是钟！”

“到底是什么？”

“会是什么呢？”

“数一下好了。”加富尔话音刚落，这敲击声却停了。

一片沉寂，这沉寂中分明又混杂着丝缕失望。有那么一阵子，我们彼此都怀疑这声音是否会再响起。我们到底是否听到过什么声音呢？

我感觉加富尔把手压在了我的胳膊上。他声音压得低低的，就像是生怕把熟睡中的人或是什么吵醒一样。“我们要在一起，”他悄声说，“我们去找飞行器。我们必须回到飞行器里去，问题比我们想象得要严重。”

“可是我们怎么走啊？”

他犹豫了。我们心里紧张的是刚才发生的一切已足以证明，一定是有什么我们所看不见的东西在我们近旁。会是什么呢？这时而荒凉，时而冰冻又炙热的地方，会是一个未知的地底世界的表层和外壳吗？如果真是这样的话，那这会是一个怎样的世界，生活着怎样的居民，为什么不驱赶我们呢？

接着，这令人煎熬的死寂被一种声音打破了，像是一阵霹雳，突然得出人意料。随后我们听见一阵叮叮咚咚的声响，像是大铁门被突然打开那样。

我们不由得停了下来，绝望地彼此对视。加富尔向我这边挪了过来。

“我真搞不懂！”他说这句话的时候几乎贴着我的脸。同时他也比画着，手向上挥舞着，莫名其妙的手势，不知道他要表达怎样莫名其妙的想法。

“找个藏身的地方啊，一旦有什么的话——”

我向他那边看了一眼，点了点头，算是同意。

我们动身，脚步很轻，生怕再弄出什么声响来。我们径直走到一处藏身的灌木丛，之后突然间，听见一声锤子敲在水壶上一样的声音，我们加快了步伐。“趴下走吧！”加富尔说。

那些多刺植物上方冒出来新的枝叶，很快就遮住了较低处的叶子。这些植物很快枯萎凋落，我们在这树丛中穿越爬行。倒是不至于被严重刺伤，只是偶尔脸上或胳膊上会被扎一下，没什么要紧。走到灌木丛正中间的时候，我喘了口气，正好贴到加富尔的脸。

“在地下，”他低声说，“就在下面。”

“它们会爬出来的吧。”

“我们必须要找到飞行器！”

“是的，”我说，“但是怎样才能找到呢？”

“这样一直往前爬，就应该能找到。”

“那找不到怎么办呢？”

“那就躲起来。看看这声音到底是什么东西发出来的。”

“我们别走散。”我说。

他想了想，说：“我们走那条路？”

“只能碰运气了。”

我们四处张望，然后小心翼翼地爬过低矮的树丛。据我的判断，我们应该是在绕着圈地找。只要看见有蕈菌植物在摆动或是有什么声音，我们都会停下，心想着要找到飞行器。想想当时草率地从球体内钻出来，是多么愚蠢。地底下发出不知来源的震动声、敲打声以及机器声，不绝于耳；时不时也会听见空气中传来的微弱的喧闹声。因为害怕，我们都没有尝试爬到高一点的位置去观察。听着这巨大又没完没了的声音，我们却看不到有任何东西。但是因为饥饿和干渴，我们觉得眩晕。所以这爬行就像是一个极清晰的梦境一样。这梦又是那么不真实，和任何现实的可能联系在一起的东西只有这些声音了。

想想这个画面，我们四周全是这些像是梦境里才会出现的丛林，那些带刺植物的枝叶没有声息地遮蔽着我们的脑袋，而我们的手掌上、膝盖上全是那些安静又鲜活，斑驳着太阳光线的地衣。有风吹过的时候，这有着无限生机的地衣像是一块毯子一样。时不时的，会有肉鼓鼓的蕈菌类植物在太阳光下伸展，在我们身上投下影子。也有一些颜色非常艳丽，形状奇异的植物突然冒出来。这些植物的细胞能有我的拇指那么大，像是五颜六色的玻璃珠一样。太阳的光芒下，放眼望去，到处都生长着这样的奇异植物。蓝黑色的天幕中仍旧有星星在闪烁。真是很离奇！岩石的形状和结构也很是奇怪。一切都是匪夷所思的，比如身体上的感觉或是任何一个动作带来的奇幻感觉。吸入的空气很稀薄，流过耳朵的血管，像是潮涌般轰隆隆作响。

时不时又有阵阵杂乱无章的声音传来，敲击声、叮叮咚咚的声响以及机器的轰鸣声。现在，我又忽地听见——听见有野兽的咆哮声。

第十一章

在听到那声音之前，我和加富尔就像是两个来自地球的可怜的落难者，迷失在疯长着的月球丛林中。我们战战兢兢地往前爬行。我们像是爬了很久，直到发现了像月球人或是月球兽之类的东西。在这中途，我们一直听见夹杂着哞哞声的叫喊，不断向我们逼近。我们从石沟中爬过，翻过雪坡。当我们跨过那些细刃般的蕈菌植物时，只消一碰，它们便碎裂开来，喷射出一层滑稠的液体。我们像是在铺满了马勃的路上爬行。周围的灌木丛无边无际。我们比以前更加绝望地在找寻飞行器，而这怪兽的声音时而巨大又沉闷，时而像牛的哞哞声，时而又像是极不清楚的兽的叫喊声。这些声响像是这些看不见的野兽一边在找吃的，一边在吼叫一样。

我们起初看到的景象只是极短暂的一瞥，但是因为没看清楚，也还是令人恐慌。那个时候加富尔在我前面爬着，他首先意识到了我们和这些怪兽的距离近了，呆呆地停住了，示意我不要妄动。

灌木丛像是朝我这边倒了过来一样，接着，当我们蜷缩着身子，试图判断这声音的来源以及距我们有多远时，我们身后传来了更猛烈的一阵吼叫，那声音像从咫尺之遥的地方传来。那些多刺灌木的枝头，因为这声音，被震得弯了下来。空气中弥漫着一种潮热的呼吸散发出的味道。转身，我们清楚地看到怪兽的身体一侧发亮，长长的后背轮廓在天幕下若隐若现。

当然了，现在让我去讲当时看清了多少，委实有些困难。因为我一开始的印象其实和后来的观察有所出入。一开始看到的便是它庞大的体形，肚围逾八十英尺，而体长也应该有近两百英尺。因为它极其消耗体力的呼吸，身子在明显地起伏。我看见它巨大而又松垮垮的身子耷拉在地上，皮肤皱皱巴巴，呈白色；脊骨的部分有一些黑色的斑点。可是我们压根儿就没有看到它的脚。接着，我们看到了一个头的轮廓，显然是没有大脑的样子。颈部的脂肪堆积着赘肉，口里还流着哈喇子，明显就是杂食动物；它的鼻子很小，眼睛紧紧地闭着（因为月球兽在有阳光的时候总是闭着眼睛）。它又一次张着口哞哞叫的时候，我瞥了一眼它那巨大的无底洞一样的嘴。从那个巨大的洞里，我们也闻到了它的气息。随后，这头怪兽像一条船那样倾斜了过来，在地上费力地移动；皮上的褶皱都被弄起了，它在地上又滚了起来，从我们身旁滚过去，又滚过灌木丛，中间被破开一条路来。之后，它就消失在了那错综盘结的林丛之中了。接着，远处又出现了一头怪兽，然后是另外一头。这时，一个月球人出现在我们面前，就像是他正从这郁郁葱葱的青草堆要赶往牧场一样。我抓着加富尔的手也禁不住抖了起来。我们就这样一动不动地盯着看，直到他消失在我们的视野里。

和月球兽相比，月球人显得很纤弱，就像小蚂蚁一样。月球人大概只有五英尺高，他穿着某种看起来是皮质的外套。这样一来，他身体部分被完全遮盖，所以呢，究竟他们长什么样，我们一无所知。他看起来像是结实又多刺的昆虫，构造很复杂的样子，伸出来的触须像鞭子。在他闪着光的筒状躯壳上，突出来一个像胳膊一样的东西。至于他长着怎样的头，一直没有看到，像是藏在那满是尖刺的头盔之中——当然后来我们发现他是用这些刺来对付那些个兽群的。他戴着一副深色镜片的眼镜，配上他的金属头盔，看起来就像一只鸟一样。月球人的手臂并未从他的躯壳中完全伸出，他的腿极短，尽管有着那样一层温暖的包裹，但以我们地球人的眼光衡量，这腿显得太过于纤弱。月球人的大腿很短，小腿却很长，脚极小。

虽然穿着厚重，月球人还是努力地迈着步子向前，至少从我们地球人的角度看，那是极大的步子。同时，他的双臂也在不断摆动。这迅速的移动多少让人觉得他是气呼呼的，很快，他就消失在我们的视野里了，然后我们听见月球兽的哞哞叫声突然变成了一阵短促尖利的号叫声。这号叫声越来越杂乱，渐渐减弱，最后停止了，它们好像是抵达了牧场。

我们听着，月球上一片静寂。可是我们没过多久就开始继续往前爬，寻找飞行器。

我们第二次看到兽群时，它们站在一堆岩石中，已经离我们很近了。那些较平坦的地方长满了带有斑点的绿色植物，密密麻麻连成一片，而月球兽就在这些植物上啃来啃去。我们看见了兽群，就停了下来。我们透过树丛偷偷地观看，而且时不时还环顾四周是否有月球人的身影。那些像巨大的鼻涕虫一样的巨兽，俯身躺在它们的食物上。它们的身体臃肿而笨拙。它们吃相贪婪，而且进食的声响巨大，一副狼吞虎咽的样子。如若拿这些月球怪兽和史密斯菲尔公牛相比，那后者算得上是敏捷灵活。它们的嘴唇在不停地翻动，双眼紧闭，咀嚼时发出的声音像是在享用极美味的食物。我们本来就饥肠辘辘，这场景让我们非常受刺激。

“猪！”加富尔情绪激动地说，“简直就是一群猪猡！”加富尔白了这些怪兽一眼，神情又愤怒又妒忌，随后爬过我们右手边的灌木丛。我踯躅了好久，还是觉得这些带斑点的食物根本不能食用，于是就跟着他接着往前爬行，齿间还叼着一片叶子。

过了一会儿，我们又停了下来。因为近旁又出现了一个月球人，这次我们可以近距离地看清楚了，这次我们看见的月球人的外壳事实上是他的衣服，而非甲壳。他的装扮很像我们先前所见的那个月球人，唯一不同的是他的脖子上伸出一块像是衬料一样的东西。这个月球人站在突出的一块岩体之上，脑袋左晃晃，右晃晃，像是在琢磨坑洞中的状况一样。我们一动不动地趴在地上，担心我们如果动一下，他会注意到我们。过了一小会儿，月球人转身，很快消失不见了。

我们后来又遇到一群月球兽。兽群在朝一处沟壑处边走边叫。接着我们经过了一个非常嘈杂的地方，那声音像是敲打机器的声音，也好像是在接近地表的地下有一个大型工厂在生产一样。这声音不绝于耳，我们一直往前走，直到我们发现已经来到了一片开阔地的边缘处。这块地方的直径约有一百码，非常非常的平。除了一些边缘处生长着的一些地衣以外，这个地方几乎一片荒芜。放眼看去，只能看见黄色的尘土一样的粉末。我们想要穿过这片地方，却不敢轻举妄动。不过，因为在这里行走要比在灌木丛里容易，所以我们还是决定小心翼翼地朝这块儿空地的边缘走去。

有好一阵子，所有从地底下传来的声音都消失了，除了植物生长所发出的簌簌的声音以外。然后像是突然间，有非常喧闹又响亮的声音传来，这比我们之前听到过的声音都要更亮彻，而且这声音确信无疑是从地底下传来的。出于本能，我们极力躬下身子，随时准备向身边的灌木丛逃去。这每一声敲击和颤动都在振动着我们的身体，并且这声音越来越大，震颤得也越来越厉害，就像是整个月球都在晃动一般。

“藏好！”加富尔悄声跟我说，我把身子转向灌木丛。就在这个时候，传来一声枪响，接下来发生的事——其实这件事还一直出现在我的梦境里。我瞄了一眼加富尔，我看他的时候伸出了一只手。可是我的手什么也没有抓到，我跌入了一个无底的深洞。

我的胸口碰到了一块硬物，我发现自己的下巴就抵着一个无底深渊的边缘，这深渊像是在我的脚下突然出现的一样。我的手抓空了。原来这块平地其实是一个巨大的盖子，现在这个盖子正在从这个坑洞处滑落，往预设好的槽道中移动。

如果没有加富尔，我估计我只能被晾在那里：被悬挂在悬崖的边缘，绝望地看着脚下的深渊，结局是最后被盖子的槽边挤落下去，带入那无尽的深渊里。显然，加富尔并未察觉我的惊慌。盖子被打开的时候，他离我这儿还有一些距离。眼见我遇到危险情况，又手足无措，他过来抓住了我的腿，一把把我拉了回来。爬上来后，我先是坐定，然后趴下来向前挪动，终于跌跌撞撞地逃了出来。随即，我们听见了身后轰隆隆的巨大声响和不断震颤着的金属盖发出的声音。整个洞口似乎是在被打开一样，速度越来越快。我跑的时候，看见我前方的树丛不断地向两边摆动。

我根本跑不快。加富尔已经迅速消失在纵横盘结的丛林中了。我竭尽全力追赶他的时候，那扇巨大的阀门盖子哐当一声打开了。有好一阵子，我只是躺下来喘着气，不敢靠近那个洞口半步。

但是最后我们还是极小心地，一点一点地朝洞口挪了过去，这样我们就可以往下窥探了。身边的灌木丛被风吹得发出吱吱呀呀的声响，起初我们什么也看不见，只能看到那深不可测的黑暗。过了一会儿，我们注意到有几束昏暗的光线在隐隐约约来回移动。

一时间我们都忘了要找飞行器这件事。因为这深渊的黑暗确实让我们惧怕。慢慢地，我们适应了这黑暗，我们可以看到那些针尖大小的光亮中，有极小的，模糊又虚幻的影子在移动。我们被这一幕惊得目瞪口呆，因为完全不知晓状况，也就无法用言语来形容这个情形。我们几乎没有些许的线索来证明那些模糊的影子是什么。

“那是什么呢？”我问道，“会是什么呢？”

“一定是项工程！那些影子夜间住在这里，白天出来干活。”

“加富尔，”我说，“那……那些影子会是像人类一样的物种吗？”

“绝对不是人！”

“我们绝不能冒险！我们在找到飞行器之前，最好什么都不要做。”

他嘟哝了几句，算是答应了我。随后，他便准备起身。在四周看了看之后，他叹了口气，便示意了一个我们要前进的方向，我们穿过了灌木丛。一开始我们还是强打着精神，后来就慢慢体力不支了。然后，在一堆松软软的紫色东西中间，传来一阵脚步声和叫喊声。我们挨得很近；有一阵子，这声音反反复复，离我们很近的样子。但是这次，我们什么都没有听到。我想告诉加富尔，我饿得快撑不住了。但是我感觉嘴实在太干，几乎讲不出话来。

“加富尔，”我说，“我们必须得吃些东西了。”

他转身看了看我，表情很沮丧。“我们再坚持坚持啊。”他说。

“但是我必须要吃些东西了，”我说，“你看我的嘴巴。”

“我也渴了好一阵子了。”

“如果现在还能有些积雪该有多好。”

“已经化光了。”

我们像是转眼间从北极来到赤道一样。我咬了咬自己的手。

“飞行器！”他说，“我们只有找到飞行器。”

我们打了打精神，又开始往前爬。我头脑里不断冒出能吃的东西。我想到夏天那冒着泡的冰饮，而且我尤其喜欢喝啤酒。我陷入回忆，想起了我在林尼的住所，地窖里有那么一桶大概八十加仑的啤酒。我也想到我住所旁的储物间有很多牛排和菜豆饼——牛排很嫩，很多豆子，中间夹着很浓的肉汁。我开始时不时地打哈欠，这都是因为饿过头引起的。随后我们到了一块较平坦的地方，到处是红色的肉果，像是大片大片的珊瑚一样。我们用手把它们拨开，这些植物立即断裂开来。我看了看这些植物的断面，看起来这繁杂的东西应该是可食用的。而且，我像是闻到了很好闻的味道。

我拿下来一块，凑在鼻子上，闻了闻。

“加富尔！”我声音嘶哑地喊了他一声。

他看了我一眼，脸色立马变了。“不要吃！”他说。我随手把那块东西放下了。然后，我们在这诱人的植物丛中继续往前爬。

“加富尔，”我问，“为什么不能吃呢？”

“有毒。”我听见他这么说了一句，但是头都没有回。

我们又爬了一会儿，然后我决定冒个险。

“我尝尝吧。”我说。

他想拦我，可是已经迟了。我塞了满满一口。他蹲下来看我的脸，神情非常奇怪的样子。“很好啊。”我说。

“天哪！”他喊道。

他看着我吃，脸上写满了向往和克制。突然，他像是馋得受不了了一样，大快朵颐起来。有好一阵子，我们什么都没有做，就光顾着吃了。

这东西尝起来就像是地球上的蘑菇那样，但是好像又没有蘑菇那样紧实。吃下去的时候，是挺温热的那种感觉。一开始，我们都满足于机械的进食，然后我们觉得血管也暖和了一些，嘴唇和手指都有轻微的发抖。接着，我们想到了一个不着边际的念头。

“真的很不错，”我说，“太好了！地球上的过剩人口来这里居住，应该是个不错的选择！我们可怜的地球同胞啊！”我边说，边又咬下一大块。

我心里充满着那种好奇，又有得到恩惠一样的满足感，月球上竟然有这么好的食物。我之前的饥饿已经完全被这不理智的狂喜所代替。之前的恐惧和不适统统都没有了。我当时觉得都不想再设法从月球上逃离了，只是把它想成是人类面临灭亡时的避难所。吃东西的时候，我已经全然忘记了月球兽、月球人，以及那些声响。

我第三次提到了“剩余人口”的时候，加富尔表示了赞成。我觉得头有些晕乎乎的，我当时也没把这当回事，心想肯定是饿时间长了吃东西刺激的。“很老不起的发——现，你的，加富尔，”我说，“只——土豆比沙一点。”

“什么意思？”加富尔说，“老不起？沙一点？”

我看了看他，他的声音很沙哑，不怎么能说出话来，我很吃惊。一闪念间，我想到，他肯定中毒了，是吃菌类吃的。而且我还想到，我竟然幻想月球是他发现的，而事实上这根本是无稽之谈。我试着把手搭在他的胳膊上说话，想跟他解释，可是他的脑子显然已经无法判断出这么微妙的差异，而且要把这讲清楚，也实在很困难。他是极力想弄明白我的意思——我突然想到菌类是不是把我也弄成了像他一样的泡泡眼——他开始发表一些他观察到的东西的感言。

“我们是……”他说的时候镇定地打了一个嗝。

“我们是我们吃下去喝下去的生物。”

他又重复了一遍这句话，因为我当时脑子还算清楚，我打断他问是什么意思。可能我有些离题了，但是加富尔根本就没有听我的话。他尽全力站起来，把手倚在我的头上以保持平衡。这显得极其没礼貌，他环顾了四周，好像也并不惧怕任何的月球生物一样。

我试图告诉他，这样很危险，但不知怎么的，我就是说不清楚。“危险”这个词和“不明智”这个词像是被搞混淆了一样，最后说出来的词更像是“有害的”，既不是“危险”，也不是“不明智”，我费了大半天的劲把这三个词弄清楚之后，开始继续和他争论。可是这回我更像是在冲着两边的既陌生又热情的珊瑚丛在说话一样。我觉得好像要澄清月球，还有土豆这中间的混淆并没有太大必要。我说了很多才讲清楚在争论中定义的重要性。我尽全力忽略身体上越来越不适的感觉。

我现在基本上已经回忆不起来我的思路是怎么被引到殖民计划上面去的。“我们必然要占领月球。”我说，“不能再有迟疑，这是白人应该去践行的任务。加富尔，我们是——是——统治——统治者。恺撒大帝也许都未曾这么想过。我们会上报纸头条的，加富里西亚，贝德福西亚，贝德福西亚——有限公司，其实是——无限公司。”

很显然，我也中了毒。

我开始滔滔不绝地讲述我们的到来会给月球带来的益处。我努力想要证实哥伦布的到来其实对美洲是有益处的。我很快发现我忘记了自己想要论述的方式，只是机械地重复“和哥伦布差不多”。

从那时起，我慢慢已经回忆不起来吃了那些菌类以后发生的事情了。我只是隐约记得我们宣称要和那些构造复杂的像昆虫一样的生物划清界限，以及人类在这样一个地球的卫星上，东躲西藏的，简直是种耻辱。我们手里都攥着一大把这样的菌类，是不是为了防御或是怎样的需要，我已经记不清了。全然不顾那些带刺的植物，我们径直向太阳的方向走去。

几乎是才过了一小会儿，我们就碰到了月球人。他们六个一起，排成一队，穿过一片岩石地带，发出尖利的哨笛声还是哀鸣一样的声音。他们显然是注意到了我们，立即不作声，停了下来，就像动物那样，脸冲着我们。

我一下子清醒了。

“昆虫，”加富尔嘴里嘟哝着，“肯定是昆虫，他们也许认为我们会像脊椎动物一样肚皮贴在地上往前走。”

“肚皮。”他轻声地重复道，就好像他在考虑尊严一样。然后，也是突然间，他愤怒地冲向他们，三步并作两步地跳了过去。加富尔跳得很糟；他在空中翻了几个跟斗，从那些月球人的头顶上飞过，哗啦一声，落在了一堆仙人掌似的植物丛中。我真不知道月球人怎么去看这样一个来自其他星球的人做出这样不可思议且在我看来非常有失体面的动作。我隐隐约约能想起来他们四散逃走时的背影，但我也不确定。这些在我暂时性失忆前发生的事，都极其模糊又虚幻。我想起来我是跟在加富尔后面的，后来头朝下跌落在岩石堆里了。我那个时候一定是突然受了重伤。我还隐约记得我和月球人之间有个激烈的搏斗，最后被一个金属夹子给控制住了。

后来我能想起来的是，我们变成了囚犯，被关在了我们并不清楚离月表有多少距离的地下；周围一片黑暗，到处是那种让人发狂的声音；我们的身体上到处是瘀青和抓伤，头痛得像要炸开一样。

第十二章

我醒过来的时候，发现自己蜷缩成一团，周围一片黑暗杂乱。有很长一阵子，我不知道自己在什么地方，也不知道怎么来到这样一个令人迷惑的地方的。我想起来我小时候被关过禁闭的橱柜，也想起了我在生病的时候住过的又黑又吵的房间。但是我周遭的这些声音我根本不熟悉，空气中散发的味道像是风吹过马厩的味道。接着，我想到了我们也许还是在鼓捣我们的飞行器，要么就是我设法进到加富尔房子的地窖中了。我记得我们完成了那个球体，幻想我肯定是在飞行器里面，在太空中遨游。

“加富尔，”我说，“我们怎么能看到些光亮啊？”

没有回应。

“加富尔！”我接着喊。

我听到一声呻吟。“我的头，”我听见他说，“我的头！”

我想着要用手按一下眉毛的部位，因为那儿很疼，却发现手是被绑起来的。这让我极为吃惊，我把捆住的双手靠在嘴的位置，感觉到光滑又冰冷的金属。我的双手一定是被捆到一起的。我试图分开双腿，发现腿也是被绑住的。而且，我还发现把我固定在地上的锁链要比绑身子的链条更粗。

这让我极为害怕，还没有任何别的经历让我这么害怕过。有一阵子，我一声不吭地扯着绑我的链条。“加富尔！”我厉声喊道，“为什么我被捆住了？你为什么把我捆住呀？”

“我没有绑你，”他说，“是月球人干的。”

月球人？我想了好半天，才开始回忆起一些细节：冰天雪地，荒芜冰凉，然后开始解冻，植物生长，我们不断地在山口的岩石和植物间爬行，我们发疯了似的找飞行器的沮丧——最后，我还想起盖住这深渊的大盖子突然打开了。

然后，我绞尽脑汁地回忆我们后来的一举一动，以及我们怎样陷入现在的困境，可是我头疼得很厉害。我像是碰到了无法逾越的障碍一样，大脑陷入了一片无法填补的空白。

“加富尔？”

“怎么？”

“我们这是在哪儿啊？”

“我怎么知道！”

“我们死了吗？”

“胡说什么！”

“那肯定是他们控制了我们。”

他没有回答我，只是嘴里头嘟哝了一句。食用那些菌类的残毒似乎让他变得极其暴躁。

“那你的意思我们该怎么办？”

“我怎么知道?！”

“很好！”我说完，便不再作声了。我好像是从恍惚中刚刚回过神来。“上天啊！”我大喊道，“我多希望你能把这嗡嗡声给除掉。”

我们陷入了沉默，只听耳际全都是这混杂的声音，像是街上或是工厂里那种嘈杂声，这声音像是被什么给盖住了一样。我根本判断不出这是什么声音，我总是努力想跟上一种节奏，然后又好像被搅到另外一种声响当中，最后什么也没有听清楚。过了好长时间之后，我终于听到某种不一样的、更尖锐的声音，而且这声音其实原本没有和其他声音混杂在一起，在这闷沉沉的背景音里面显得很特别，那声音是一连串的清楚的声音，就好似一束蓬松的常青藤擦过玻璃窗的声音，又像是小鸟在纸盒上跳动时发出的声音。我们边听边朝周围观察，可是四周全被黑暗所笼罩。随后，我们听见一个轻微的响动，就像是上过油的锁孔发出的声音。接着，在这无边的黑暗当中，出现了一道细而明亮的光线，像是悬在半空一样。

“看！”加富尔悄声说。

“那是什么？”

“我不知道。”

我们对视了一眼。

这细而明亮的光线慢慢地变成了一束，变得更宽也更苍白，就像是一道淡蓝色的光线照到了一面白墙上一样。这光亮的边际渐渐不再平行，而是有一边慢慢地陷了进去。我想转过头告诉加富尔这个，却惊奇地发现他的耳朵被光线照得极亮，而他身体的其他部分都处在一片黑暗之中。我努力转头，尽管有链条束缚着我的手脚。

“加富尔，”我说，“看后面。”

他的耳朵不见了光亮——我的眼睛又被照到了。

突然间，光线透过的那道缝隙似乎变宽了。原来那是一道门。门的外面是一片蓝色，我看见门廊上逆着光站着一个诡异的影子。

我俩都试图转身，却没能转过去。我们只能坐着，扭头从肩膀处看这一切。我第一眼看到的是一个头下垂着的，有些笨拙的四足动物。接着，我才看清那是一个月球人极其纤弱的身体，腿短而细，并且有些罗圈腿的样子。他的头耷拉在肩上。此时的这个月球人并没有戴头盔，也没有穿外面那一层——月球人只有在外面时才那么穿。

这个月球人此时看起来其实不过就像是一个空洞的黑影，但是出于本能，我们会按人类的轮廓给他赋予一些特点。至少，我一看见他就认为他应该有些驼背，高突的前额，脸很长。

他往前走了三步，又停了一会儿，移动时几乎没有发出任何声响。接着，他又走了过来，行走时的步态像鸟一样，脚一前一后地落地。他从门廊的光线里面穿了过来，就像是完全消失在了阴影中一样。

有一阵子，我看不到他了。然后我才发现他就站在我们面前，整个身子完全暴露在光线里。只是这时我才发觉我臆想的那些人类特征根本都不存在了。

当然，我早该料到这点，可是我却没有。月球人向我走来，那可真是让人惊慌的一幕。因为那脸看起来不像是一张脸，似乎更像是一张面具一样，是那样的恐怖，完全是畸形的。而这张脸上没有鼻子，一边长着一只暴突着的眼睛——在影子里，我还以为那是只耳朵。我曾想把这个头像画下来，却未能做到。这张脸上的嘴朝下撇着，像是人在盛怒时才有的表情。

他的脖子好像是由三个关节连起来的，像极了螃蟹脚上那短而小的关节。四肢的关节我没有看见，因为他的四肢上缠绕着像绑腿一样的带子，而这是属于这个月球人唯一的衣物。

接下来，他竟然在盯着我们看！

我当时的想法是：怎么会有这样的生物存在。我想他也应该同样感到讶异，也许他比我们有更充足的理由讶异。只是，这令人厌恶的东西竟然没有表现出任何诧异的样子。我们至少知道了截然不同的动物遇到一块儿会是怎样一番情境。这就好比一个举止得体的伦敦人遇到这样的两个活物，这活物和人类差不多大小，可是又不像地球上任何一种动物，当这两个活物开始在海德公园的羊群中突然乱串时，那个伦敦人会有怎样的感受？我想月球人此刻必定有和那个伦敦人一样的感受。

想想我们的样子，我们被绑着手脚，又黑又脏。我们的胡子大概已经有两尺长了，脸上遍是抓痕，血糊糊的。想想看，加富尔穿着灯笼裤（裤腿上被灌木丛的硬刺划破了好几个洞），他穿着猎人那样的衬衫，戴着破旧的板球帽，硬硬的头发胡乱翘着，就像是划过天空的拖着尾巴的彗星一样。在蓝光下，他的脸看起来一点都不红润，很暗沉的样子，嘴唇上、手上凝结的血黑乎乎的。要不是当时我跳到一株黄色的菌类植物上，我想我的状况也许比他还要糟。我们的外套都被解开了，鞋子被脱了，就在脚边放着。我们就坐在那里，背对着对面那束奇怪的蓝光，看着这样一个只有丢勒才可能创造出来的怪物。

加富尔先打破了沉默。他开始讲话，声音很嘶哑，然后清了清嗓子。外面又传来嗥叫声，像是月球兽遇到了什么麻烦一样，一声惊叫过后，一切又归于沉寂。

不一会儿，月球人转身，闪到了阴影之中。他站在门前像是思索了一下，然后把门关上了。我们从黑暗中刚刚苏醒过来，又被禁锢在一片黑暗中。

第十三章

我们谁都没有说话，发觉要想再集中精力想我们弄出来的这些事情，不是那么容易。

“月球人控制住了我们。”我最后挤出一句话。

“都怪我们吃了那些菌类。”

“要是我们不吃的话，我们会饿晕过去的。”

“我们原本能找回飞行器的。”

他的执拗差一点惹恼了我。我心里暗暗咒骂着。有一阵子，我们在沉默中互相怨怼着，我用手指在双膝间的地板上敲着，把脚镣磨得叮当响。不一会儿，我又忍不住开了腔。

“不管怎样，你觉得这是怎么回事啊？”我恭敬地问他。

“月球人是有头脑的生物——他们会制造东西，会生产，我们看到的那些光束是——”

他停了下来，很显然他根本没有搞懂状况。

等他再次开口时，他承认了这一点。“毕竟，月球人还是要比我们想象的更接近人类。我想——”

他气急败坏地停了下来。

“怎么？”

“我想，无论如何——在任何一个星球上，只要存在有智力的生命，那么他们肯定是脑袋长在上方，而且有双手，能够直立行走。”

不一会儿，他又扯到了别的事情。

“我们可能在，”他说，“我的意思是说——或许我们在月表下几千英尺的深处，也许比这还要深。”

“为什么？”

“因为很凉啊。我们的声音听起来都要更大声一点。在外面说话时那种声音恍恍惚惚的现象没有了。而且耳朵和喉咙里的感觉也不一样。”

我好像在他说之前并没有怎么留意，可是他这么一说，我确实觉察到了。

“空气好像更稠密一样，我们肯定在月表以下的地方，或者说在月球内离月表一英里的地方。”

“真是难以想象啊。”

“谁说不是。”

“我们怎么能够想到呢？”

“其实我们应该早想到这一点。只要——只要有思考的习惯就好。”

他想了想。

“现在，”他说，“试想我们就是在月表以下。”

“显然，月球里面的洞穴都巨大无比，有空气，中央部分像是有海洋。”

“我们知道，月球重力要比地球小很多。而且，月表上没有空气与水分；月球只是地球的姊妹星。但是如果月球的结构和地球有太大差异的话，那简直让人难以置信。很明显，月球的内部已被掏空。可问题是，没有人亲眼看见过。当然了，开普勒——”

他饶有兴致的样子，像是发现了极好的一个推理一样。

“是啊，”他继续说，“开普勒的行星运动三大定律毕竟还是很有道理的。”

“我真希望你在动身之前，就早已弄清楚这一点。”我说。

他没有说话，嘴里嘟哝着，若有所思的样子。我不再感到那么气恼。“那你觉得我们的飞行器怎样了？”我问他。

“丢了。”他说话的语气像是对这个问题不感兴趣一样。

“是丢在那些植物中了？”

“应该是，除非我们找到它。”

“然后呢？”

“那我怎么会知道?！”

“加富尔，”我说，我几乎到了快要崩溃的边缘，“那是能为我们未来的公司带来光明前景的东西啊。”

他没有作答。

“老天啊！”我喊道。“想想我们遭遇的这些麻烦，现在竟然落到这步田地。那我们来这里究竟是为了什么？我们来找什么？我们对月球算什么？月球对我们又算什么？我们真应该就踏踏实实做小事的。是你提议要来月球的！那些个加富里特弹簧遮光板！我确定我们原本可以把它们做成地球上有用的物件的。这一点是肯定的。你听明白我的提议了没有？一个钢筒——”

“废话。”加富尔说。

我们不再说话。

有好一阵子，加富尔都在喃喃自语，他不再试图和我交谈。

“如果月球人找到了我们的飞行器，”他先开了腔，“如果他们找到了，会拿它做什么用呢？唔，这确实是个问题。也许确实就是这个问题。他们应该是弄不明白那是个什么玩意，不管怎么说吧。如果他们能明白的话，那他们早就来过地球了。他们会吗？为什么不能呢？可是他们明明已经发送过信号给地球了——所以他们绝不放过这样的机会，不会！但是他们也会设法查看我们的飞行器吧，很明显他们有智商，有探寻欲。他们会检查我们的飞行器——钻进去——试着按动按钮——飞走。那么这样的话我们终将在月球上度过余生，和奇怪的生物一起，了解奇怪的知识——”

“奇怪的知识——”我想问，却一时语塞。

“你看，贝德福，”加富尔说，“这次探险是你完全自愿的。”

“你当时告诉我说，把它称作‘勘探’。”

“对啊，任何勘探都会面临风险。”

“尤其是当你没有任何装备，也没有想过可能出现的状况的情形之下。”

“我当时对飞行器太着迷了，所以我们就匆匆忙忙地启程了。”

“你是说，对我有吸引力？”

“是的，同样也把我吸引住了。我在研究分子物理的时候，怎么知道会有这样的经历，将我们带到这里，而不是别的任何地方？”

“真他妈该死的科学，”我咒骂道，“科学就是魔鬼。中世纪的教士和那些被迫害者都是对的。现代人真是错了。你研究的东西——它给你带来收获。但是当你运用它的时候，它会在即刻间将你毁灭。旧时的激情和新式的武器——现如今这不仅动摇了你的信仰，扰乱了社会观念，也将你抛向了这样一个荒芜又痛苦的地方！”

“不管怎样，争吵是没有用的。这些生物——这些月球人，无论我们怎样称呼他们——是他们捆绑住了我们的手脚。无论你持何种态度去应对，这都是没有办法逃脱的一段经历。我们经历了这么多，我们必须保持冷静。”

他停顿了一下，像是在征求我的同意一样。我坐在那里，一个人在独自郁闷。“去他妈的科学。”我说。

“问题其实是看怎么沟通。我想，我们使用的手势恐怕是不同的。比如说‘指’这个动作，也许除了人类和猴子以外，没有其他生物用这个动作。”

我完全不这样认为。“几乎所有的动物，”我辩解道，“是会用眼睛和鼻子来指方向的。”

加富尔想了一想。“是的，”他说，“可是我们不这样啊，这就是不同所在——不同所在。”

“一个人可能——但是我们又怎么会知道？月球人有语言。他们的声音像是笛声，我完全不知道该怎样去模仿这声音。那是他们的讲话声吗？他们应该是有不同的感觉，有不同的交流方式。当然了，他们有思维，就如同我们有思维一样，其中还是会有很多的共通之处。谁也不知道我们还需要多久才能够真正了解他们。”

“这是我们生活的地球以外的世界，”我说，“月球人和我们之间的差别胜过地球上最奇异的动物和我们的差别。月球人根本就是一个不同的物种。说这些又有什么用呢？”

加富尔想了想，说：“我不这样看。只要有思维，那么就有共通之处——尽管是在不同的星球上演变而来的。当然了，如果说只是讨论本能问题，也就是说我们和月球人都只不过是动物……”

“那难道月球人是吗？这些月球人就像是用后腿站立的蚂蚁，想想看，谁又能和蚂蚁取得相互了解呢？”

“但是你想想那些机器和他们穿的衣服！不，我可不这么想，贝德福。我觉得差别虽然很大——”

“这差别是无法逾越的。”

“我们间的共通之处可以弥补啊。我记得我看过一篇已故的高尔顿教授的论文。那篇论文是讨论星际问题间通讯的可能性的。当时，我觉得这种可能性极其微小，而且它也不会对我有任何的用处。但现在想来，真是后悔当时没有仔细读一读。我试着想想看。

“他的主要观点是以一些普遍真理做铺垫的。而那些真理是各种不同思想的基础。他先是谈到了伟大的几何学定律。他提议采用古希腊数学家欧几里得的一些主要的提议，再运用图例来阐述这些真理是众人皆知的。举例来讲，想要证明等腰三角形底边的两个角相等；然后证明假如三角形的三条边一样长，那底边相对的角和底边的两个角相等；又或者，证明直角三角形斜边的平方和两个直角边的平方之和相等。通过这样的推理，我们是在证明我们有推理的能力。那么，试想我用湿手指在空中画一个几何图形……”

他默不作声了。我坐在那儿想他方才说的这些话。一时间，我开始被他疯狂的念头所吸引，想和这些古怪的月球人交流，去解读他们。可是紧接着，我又马上感觉到了那令人非常恼火的绝望，这是因为疲惫和身体上的不适。突然之间，我感到自己从前所做的事有多么愚蠢，这个念头新奇而清晰。“傻瓜！”我喊了出来，“真是个不折不扣的傻瓜——好像活着就是为了做这荒唐之事——我们为什么要离开飞行器？在火山口跳来跳去，以期找到什么互利和特许！倘若当时我们有一点点意识，在树桩上绑个手绢什么的，标明我们从哪里出来，那该有多好！”

我不再说话了，可是心里仍然很是气恼。

“很明显，”加富尔若有所思地说，“月球人是有智力的，我们可以做这样的假设。既然月球人没有立即将我们杀掉，那他们肯定还是有仁慈之心的。所以不管他们是怎么样束缚我们，那可能是一种交际的途径。他们应该来见我们的。这个地方，我们瞥见的护卫，还有这脚镣，这就是高度智能……”

“我都不想活了，”我叫喊道，“我有这么想都两次了。一次一次的挫折。头一回是侥幸起飞，然后这是第二次。都怪我太信任你！我为什么就不好好地写我的剧本呢？那才是我该做的事。那也是我生来应该的归属和生活。我原本都能把那个剧本写完了。我确定——那会是一个好剧本。我都已经想出好的剧情了。然后——真是滑稽！我突然跑到月球上来了！实际上，我就是把自己的生活完全放弃了！在坎特伯雷开酒店的那位老妇人都要比我有常识。”

我抬了下头，话说了一半就停下了。黑暗已渐渐变成了蓝色的光亮。门开了，有几个悄无声息的月球人进到了洞穴里。我一动不动，想看看他们那奇怪的脸。

然后，突然间，我竟然对此有了兴趣，全然没有了之前那非常让人不悦的陌生。我注意到最前面的两个是拿着碗的。那好像是我们的思维都能够理解的一种基本需求。那碗像是某种金属做的，就像我们戴的脚镣一样，在蓝色的光线下看起来很暗；每只碗里好像盛着一些白色的东西。所有压迫着我的那阴郁和痛苦的心情现在全都积聚在一起，以饥饿的形式爆发出来了，我目不转睛地盯着这碗看。尽管这场景还时常出现在我的梦境里，但是在那时候，这却是那么的真实，一个月球人伸出胳膊，把碗放在我面前，我发现那胳膊的末端不是手，而是一种鳍状物，并且还长着拇指，就像是大象的鼻子末端一样。

碗里的东西很稀的样子，颜色呈白粉色——看起来很像是一块凉了的蛋奶酥，闻起来却是蘑菇的味道。我立刻想起来不久前看到的怪兽被撕裂的样子，我更加确定，那一定是月球兽的肉。

我的手被绑得紧紧的，几乎够不到那只碗。但是当他们看见我吃力的样子之后，他们立即走过来，解开了一条绑住我手腕的链条。他们的触角很轻，很冰凉。手被松开之后，我立即塞了一大嘴吃的。这些东西的质地和月球上其他的有机物一样，柔软而疏松，味道像是一种煎饼或是受潮了的蛋白煎饼，绝不难吃。我紧接着又吞下几大口。“我想吃——东西。”我边说，边扯下来更大的一块儿。

一时间，我们吃得没了半点儿的自我意识。我们吃得就像是救济院里的流浪汉一样。我也好像从来未曾这样饿过，也未曾有过因饥饿而发出的这样满口吞食的声音。如若不是自己亲身经历，我亦不会相信，在距地球约五万英里以外的地方，被这样的比任何噩梦里遭遇过的最奇异最离奇的动物还要甚之的生物所包围、观看和触摸。而我自己内心又是那样的茫然无措，并且还能那样完全忘我地进食。他们就站在我们身旁，望着我们，时不时轻轻颤动着身体。他们就这样一直站在原地，不动声色。我的手被触碰到的时候，我甚至都没有颤抖。当我的饥饿被这疯狂的进食填补了之后，我看到加富尔也在狼吞虎咽，全然忘记了什么是羞耻和颜面。

第十四章

我们吃完以后，月球人又将我们的手紧紧捆在一起。随后，我们的脚镣被解开，又被重新绑了一遍，这样是为了给我们一定的自由活动的空间。紧接着，他们又松开了捆住我们腰部的锁链。这么做，是为了随意摆布我们，时不时地，他们会把那古怪的脑袋凑到我们脸上，要么，他们柔软的触须会碰到我的头和颈部。我都记不清对这样的触碰是害怕还是厌恶。我想我们是用极其不寻常的观念想象在他们的面具之下，有着人类一样的头脑。这些月球人的皮肤和周围的其他东西一样，都带着蓝色，这也许是因为光的缘故。他们的皮肤看起来很坚硬并且闪着光，像极了甲虫的翅膀，不像别的脊椎动物那样柔软、湿润或是多毛的皮肤。在他们头顶的外部，有一条从后到前生长的脊柱。并且，他们双眼的上部有着又宽又弯的脊骨。那个帮我松绑的月球人用嘴配合着手使劲。

“他们像是要放了我们，”加富尔说，“记得我们是在月球上！千万不要乱动！”

“你是要试试你说的几何原理吗？”

“如果有机会，我想我一定会的。但是，也许他们会立即靠近我们的。”

我们没有动，月球人在做好安排之后，退回原处，像是在盯着我们看。我之所以这么说，是因为他们的眼睛长在侧面，而不是前面，因此很难确定他们目光的方向，就像我们看见一只鸡或是一只鱼那样。他们厉声交谈着什么，我很难模仿，也很难描述。我们身后的门又开大了一些，接着，我从肩膀上扭头看过去，发现门外更大的一块儿地方，站着一大群月球人。他们以一种极其古怪而混乱的方式站立着。

“他们是想让我们模仿那声音吗？”我问加富尔。

“应该不是吧。”他说。

“他们好像是要让我们弄明白什么一样。”

“我搞不懂他们的手势。你看到了那个没有？就是那个摇头晃脑的，看起来衣领好像让他很不舒服的那个。”

“那我们冲他摇摇头试试。”

我们随后摇了摇头，却发现学这个动作不太得要领。但是，显然月球人对我们这样的动作很感兴趣，他们全都开始摇头。但是这好像毫无意义，我们最终只好停下，他们也不再摇头了，并且开始尖声地争吵着什么。随后，他们中有一个走了出来，突然坐在了加富尔旁边，这个月球人更矮小，但好像要更粗壮一些，嘴极其的阔大。他的手和脚做出了加富尔被捆绑时一样的姿势，然后又极灵活地站了起来。

“加富尔，”我高喊道，“他们是想要让我们站起来。”

他惊得嘴巴张得好大。“对啊，对啊。”加富尔说。

因为手被绑在一起，所以我们只能喘着气挣扎着站起来。月球人看见我们喘着气的样子，往后退了一下，叽叽喳喳好像很高兴。我们站定之后，那个粗壮的月球人走了过来，用他的触须在我们的脸上拍了几下，接着朝着门口的方向走去。这个动作很明显是示意我们跟过去。我们就跟着走了过去。我们发现站在门口的四个月球人要比其他的高许多，穿戴衣着就像是我们在火山口遇到的那样。他们头戴尖顶的圆头盔，衣服像一个圆筒套在身上一样。每个月球人手里都拿着刺棒，上面有很多尖刺，有护手。这棒像是那种和碗一样成色的暗色金属制成的。这四个月球人靠近我们，将我们围了起来，我们俩的每一边都站着两个。我们从囚室走向洞穴的时候，亮光照着我们。

我们起初并未特别留意这个洞穴。那个时候我们更多地关注突然靠近我们并包围住我们的月球人的一举一动和态度。我们因此格外留意自己的动作，不敢迈太大的步子，生怕我们会吓到他们或是惊到他们。走在我们最前面的是那个又矮又粗壮的月球人，就是他想办法让我们站了起来。现在他又打着手势，让我们跟着他。他的管子一般的脸时而转向我，时而转向加富尔，脸上写满了疑问。那个时候，我可以这么说，我们的确一直在和他较劲。

最终，我们来到了一个开阔的地方，这就是我们一直向前走想要抵达的地方。自从我们从食用那些有麻醉作用的菌类植物的影响中慢慢恢复过来以后，我们耳边听到的全是这机器运转的轰鸣声。从那些围着我们的月球人的脑袋中间的缝隙中，我们可以清楚地看到那些机器旋转扭动着的部件。不仅仅是这嘈杂的声音从这运转的机器中蔓延而来，而且我们还看到一种奇特的蓝光把整个场地照亮了。我们都认为这样一个地下洞穴自然需要人工照明，而且尽管我的眼睛已看到这一切，却没意识到这光线的重要性。不一会儿，我们又陷入一片黑暗之中，我才发觉这有多重要。这样一个庞大磨盘的意义和结构，我无法做出解释，因为我俩都无法知晓它究竟是什么以及它如何运转。好像是一个接着一个一样，这机器上的庞大的金属杆由轴心甩出，然后又向上转动，而那些轴尖又像是沿抛物线运转一样；随后，轴上的一个悬柄落下来，同时，轴又运行到了顶点，然后又向下进入一个垂直的圆筒中，像是在推动圆筒向下运行。在这周围，有工人忙碌的身影，这些人好像和在我们身边的月球人又有些许不同。这机器上的三根曲柄落到底部的时候，发出叮叮当当的声音，然后像是又有一阵轰鸣，随即，那些圆筒的上面流出了一种白色炽热的物质，就好像牛奶在沸腾的锅里流动一样，这液体把周围照得通明，随后，这发着亮光的液体便流到了底下的一个罐子里面，那是一种泛着冷冷的蓝色的光，很像磷光，但又比磷光明亮。随后，这物质从罐子中流出，流往通往洞穴的密密麻麻的管道之中。

咚，咚，咚，咚，这庞大机器的曲柄开始剧烈地摆动起来。那些发光的物质嗞嗞作响，涌了出来。起初，这景象看起来只是巨大而已，并且离我很近。然后我才注意到在这机器上忙碌的月球人是多么微小。我一下子回过神来，这洞穴和这机器该有多巨大。我把目光从这宏大的场面中转移到月球人的身上，心里不由感到钦佩。我停了下来，加富尔也停了下来，我们都凝视着这轰鸣的机器。

“这也太了不起了！”我说，“不知道它是做何用途的。”

加富尔的被蓝光照亮的脸上写满了对智慧的崇敬之情。“我不是在做梦！这是真的！肯定是月球人——人类无法造出这么庞大的东西！看那些曲柄，它们是否是用连杆连接的？”

那个矮壮的月球人走在我们前面，没有发现我们停下不走了。他回过头，站在我们和机器之间。我们避免和他对视，因为我猜他肯定是要召唤我们跟着他向前走。他朝着那个他希望我们跟着他的方向径直走去，回头，又走回来，拍了拍我们的脸，想引起我们的注意。

我和加富尔彼此对视了一眼。“我们就不能向他表示我们对机器有兴趣吗？”我说。

“好，”加富尔说，“我们试试看。”他把脸转向月球人，冲月球人笑了笑，又指了指机器，然后又指了指自己的头，又指了指机器。这手势不奏效，他想大抵讲几句英语好了，就边比画边说：“我——在看——它，我想——它——非常——对。”

加富尔的举动让月球人停了下来，暂时不再让我们继续前进了。他们脸对着脸，奇怪的脑袋转来转去。他们像是在极快地说话，非常流利的样子。这些月球人都好像穿着裹腿。然后，他们中的一个高高瘦瘦的，腿上像是罩着一块布一样的那个，用他象鼻一样的手环住了加富尔的腰，他拽着加富尔，让加富尔跟着我们的向导，矮壮的向导这时已经走到前面去了。

加富尔反抗了一下。

“我们现在或许也应该开始表达一下我们的意愿了。他们可能认为我们是一种新的动物。也许是一种新的月球兽什么的！我们应该一开始就表达出对周围的一切非常有兴趣并表现出我们的智慧。”

加富尔开始使劲地摇着头。“不，不！”他说，“让我——再待一会儿，让我——再看看。”

“你可以借用什么几何学原理来处理这件事吗？”月球人像是在讨论着什么，我这样子给加富尔建议。

“也许是抛物线——”他开腔了。

加富尔大喊了一声，然后跳到了六英尺以外的地方。

那四个带武器的月球人用刺棒戳了他一下。

我转身冲着站在我身后的那个带刺棒的月球人迅速做了一个威慑性的手势。我这样一来，加上加富尔的一声喊和跳，月球人显然被吓到了。他们迅速退后，围转着看我们，有很长一段时间，我们就这样气呼呼地僵持在那里，这些非人的动物将我们半圆形围住。

“他戳我！”加富尔情绪激动地说。

“我看见了的。”我回答道。

“妈的！”我冲着月球人说，“我们可不会这样逆来顺受。快说，你们究竟想干什么？”

我迅速地左察右看。在这洞穴更深处的蓝色光线里，我看到有更多的月球人朝我们跑来；这些家伙看起来更矮更壮一些，其中一个的头比其他的大好多。这个洞穴又阔又低，从哪个方向看去，都是黑暗一片。我还记得，这洞穴的顶部像是中间向下突出，就好似岩石的重量全部向我们压下来一样。我们无路可走——完全被逼到绝境。上面，下面，各个方向都是未知的。而这些非人的动物，拿着刺棒，打着手势，和我们对峙着。我们完全孤立无援。

第十五章

这对峙状态很是持续了一会儿。我想我们和月球人在那段时间里都在飞快地思索着。我当时记得最清楚的是，我们身后没有任何可以依靠的东西，我们肯定要被他们包围并且杀掉。心里面巨大而压抑的自责几乎将我整个摧毁，我们来到这儿是多么愚蠢。我们为何非要来开始这样一段疯狂而非人的探险呢？

加富尔走了过来，把手放在我的胳膊上。他灰白的受了惊吓的脸在蓝光下显得极其恐怖。

“我们什么都不能干。”他说，“这是个错误。他们不能明白。我们必须跟着他们走，他们想让我们走。”

我低头看了他一眼，又看到了从别处赶来的其他外星人。“要是我的手松开就好了——”

“又有何用？”他喘着粗气说。

“没有。”

“我们只好跟着走了。”

接着他转身，朝着月球人指引的方向走去。

我跟在后头，极力表现得顺从，摸到了捆在我腰间的锁链。我都快被气炸了。我也再没注意到这洞穴里的其他状况，尽管我们像是走了很长很长的时间，才穿过这洞穴。要么，就是我也看到了其他什么，但我忘了。我集中精力在想这锁链还有这月球人，尤其是那些带着刺棒的月球人。一开始，他们是和我们保持平行向前走的，而且和我们隔着一段距离，但是不一会儿，又有三个追了上来，他们就和我们离得近了，直到我们离他们只有伸手就能够到的距离。他们走近的时候，我就像一只受了鞭打的马一样蜷缩了起来。一开始那个矮壮的月球人走在我们右侧，但不一会儿，他就又走到了我们的前面。

这样群行的场面给我留下了极深的印象，加富尔在我面前走着，我看见他耷拉着的脑袋和低垂着的肩膀。我记得我们那个向导的侧身，他张着大嘴，在加富尔身边扭来扭去。身边的带刺棒的月球人一边走着一个，他们非常警惕，却张大着嘴巴——我们身边是无边无尽的蓝色。当然，除了这非常个人化的印象之外，我还记得这洞穴的地上有一道渠，这道渠一直顺着我们走的这条岩石路的边沿向前伸展。这沟渠里面流着的物质和那巨大的机器里流出的物质是一样的。我紧挨着那道渠走，才知道它其实并未散发出任何的热量，它只是发光而已，但是它好像并不比这洞穴里的任何物质冷，也不比任何物质热。

当啷，当啷，当啷，我们这时走到了那台巨大机器的大型推杆下面。之后我们进入了一条宽阔的隧道。在这隧道里，我们甚至能听到光脚走路的嗒嗒声。而且，除了我们右边闪过的亮色光线以外，几乎是一片漆黑。我们和月球人映照在这隧道中不规则墙面和岩顶上的影子显得异常诡异。不时有如水晶状的东西在这隧道的墙面上闪烁，像宝石一般。这隧道时而伸向另外一个长满钟乳石的洞穴，时而又伸展出很多通向黑暗深处的岔道。

我们沿着这条隧道好像走了好久。嘀嗒，嘀嗒，这渠中的物质在极缓慢地流着，我们的脚步声在隧道中参差不齐地回荡，啪嗒，啪嗒。我还在不断地想捆住我的锁链。要是我能把一只手抽出来，然后把这锁链轻轻一转，然后再把它扭过来，这样的话——如果我慢慢转动，那么他们能发现我正从松了的链条中抽出身来吗？如果被他们发现，那他们会怎么做？

“贝德福，”加富尔喊道，“这儿是下坡，一直在下坡。”

他的话立刻让我回过神来。

“如果他们想要杀了我们，”加富尔一边后退和我走到一排，一边说，“那他们早就动手了。”

“不，他们不想杀掉我们。”我附和道，“你说得对。”

“他们搞不懂我们，”他说，“他们认为我们只是某种奇怪的动物，也许是月球兽的另外一个野种而已，只有等他们认真观察过我们之后，他们才会认为我们也有思维——”

“是要等到你画出那个几何图形的时候吗？”我说。

“大概吧。”

我们又向前走了一段。

“你看，”加富尔说，“这些可能是低等月球人。”

“这些该死的白痴！”我恶毒地说，看了看他们那非常让人恼火的脸。

“假如我们能忍受他们对待我们的态度——”

“我们必须忍受。”我说。

“也许还有不像他们那么笨的月球人吧。这里只不过是他们的外围地区。我们一定得要再下去，一直下去，穿过这些洞穴、通道和隧道，直到抵达几百英里以下的一个地方，那里是一片海洋。”

加富尔的一席话让我想到我们头上其实是距月表一英里深的岩石和隧道。我都感觉到这重量像是压在我的肩上一样。“没有了太阳和空气，”我说，“哪怕半英里深的矿井都会让人窒息的。”

“但不管怎么说，这又不是矿井。也许这里有——通风！空气也许能从背阳的一面吹向阳光照射的一面。这样一来，硫酸物涌出，便可以滋养那些植物了。比方说，那个隧道上方，就吹过一阵风。这会是怎样的一个世界呢？我们是多么迫切地想要了解这洞穴和这巨大的机器——”

“还有刺棒，”我说，“一定要记得还有这刺棒啊。”

他那个时候走在我的前面。

“还有刺棒——”他说。

“怎么？”

“我当时也很生气的。只是——也许我们习惯就好了。他们有着那样的皮肤，也许神经系统也非同寻常。他们也许不懂得我们为什么要反抗，就像火星人也许不能接受我们用胳膊肘推人的习惯——”

“人们要用胳膊肘推我的话，可得当心了。”

“至于几何学，毕竟他们的行为也是一种理解的途径。他们应对问题也应该是从生活的基本要素入手，而非思想、食物、强制、痛苦。他们还是抓住了生活里基本的东西的。”

“这当然毫无疑问。”我说。

加富尔接着开始滔滔不绝地描述我们被困其中的这巨大又神奇的世界。我慢慢从他的语调中感觉到，即使我们被关到这个非人类星球的更深的洞穴中去，他也没有半点绝望。他在绞尽脑汁地想这些机器和发明，而不怎么关心这将我们包围住的黑暗又神秘的东西。他并未想要对那些东西加以利用，只是想要了解它们而已。

“毕竟，”他说，“这是一个多难得的机会。这是两个世界的交汇！我们将会看见什么？想想看，想想我们底下还会有什么！”

“我们什么都看不见，如果光线依旧这么暗的话。”

“这只是外壳，下面——更深的地方——会有很多东西。你有没有注意到月球人彼此的相貌差别很大吗？我会把这样一种所见带回地球！”

“简直就是稀有物种，”我说，“在人们带他们去动物园的路上他们也许就会那样安慰自己。但是这并不代表我们能看到所有的东西。”

“当他们发现我们有推理能力，”加富尔说，“他们就想要了解地球。即使他们并无慷慨之情，他们还是会教我们的——为了了解。他们必须要了解完全在意料以外的事情。”

他接着推测月球人也许已经了解了的事情。这是他在地球上从未期望要了解的东西。他陷入这样的臆想，甚至忘记了身上被刺棒戳了的疼痛。他说的大部分话我都已经遗忘了。因为那时候我更多地在注意我们脚下的那条隧道在越变越宽。我们能感觉到，空气正在往更大的一个空间流动。但至于这空间到底有多大，我们不得而知，因为周围是黑暗一片。那条渠里流动的发光的物质现在已经变成了窄窄的一条线，消失在了前方。不一会儿，两边的岩壁都消失不见了。除去我们前方的路和这泛着磷光的液体以外，我们什么也看不到。加富尔和那个月球人向导的影子在我们眼前摇晃，他们的脚下就是那条流淌着蓝色液体的沟渠。他们朝向沟渠一侧的腿和头部被映照成了明亮的蓝色，看起来很清楚。而背向沟渠的一面，因为隧道壁的投射不能够照亮，他们和黑暗就混为一体了。

很快，我察觉到我们正在靠近一个斜坡一样的地方，因为那条泛着蓝色的沟渠突然隐没不见了。

又过了一会儿，我们好像来到了一处斜坡的边缘。那条泛着磷光的沟渠转了个弯儿，然后就流走了。这溪流流下深处，只是我们都没有听见它下泻的声音。在更深的地方，好像有一道蓝色的光线，像是一种蓝色的雾气——在无限深远的地方。这溪流隐没掉的那片黑暗之中显得空洞又虚无，只有一块像是板子一样的东西伸出了悬崖的边缘。然后这板子又变得模糊起来，直到彻底消失，谷底吹来一阵湿热的空气。

我和加富尔那时壮着胆站在悬崖的边缘，望着下面那片神奇的蓝色。这时，我们的月球人向导拉了拉我的胳膊。

然后，月球人向导走在那块板子的前面，踩了上去，回头看着我们。当他注意到我们在看他的时候，他转过身子，沿着那块板子向前走，像是稳稳地走在平地上一样。起初，他的影子还清晰可见，渐渐地，他变成了一个模糊的影子，最后消失在了一片朦胧之中。

我感觉隐隐约约能看到在这黑暗中有个暗色的影子若隐若现。

我们都停住了。“真稳当——”加富尔说。

另外一个月球人向前迈了几步，踩到板子上，转身看着我们，神情漠然。其他几个定定站在那里，等着我们先走。月球人向导的身影这时又出现了。他是返回来看我们怎么不往前走了。

“前边那是什么？”我问。

“看不见啊。”

“我们怎么都跨不过去吧。”我说。

“那板子上面我三步都走不了，”加富尔说，“哪怕手没有被绑。”

我们对视了一眼，有些惶恐地看了看彼此的脸。

“他们应该不知道晕是什么滋味。”加富尔说。

“要我们走那块木板，根本不可能。”

“我很怀疑他们能看见我们所看见的东西。我一直在看他们。我很想知道他们是否知道我们眼前是一片黑暗。我们怎样才能让他们理解呢？”

“不管怎样，我们一定要让他们弄懂我们的意思。”

我想我们在交谈的时候，还抱有这样一丝希望，那就是月球人能够理解我们所说的话。

我非常清楚的是，我们需要一个解释。然而当我看见他们的脸时，我又觉得解释是行不通的。在这个地方，我们的相似之处，并不足以消除我们之间的差异。无论怎样吧，我就是不想在那木板上走。我迅速把一只手从一串松动了的锁链中抽了出来，接着朝相反的方向扭动手腕。我站在离桥最近的地方，我这么做的时候，两个月球人抓着我，轻轻地将我朝边上推去。

我拼命地摇着头。“不去，”我说，“没用。你不懂我的意思。”

另一个月球人又来推我，我被迫向前走。

“我有了一个主意。”加富尔说。其实我知道他要说什么。

“看这儿！”我对那些月球人喊道，“都别动！这对你们有好处——”

我把脚转过来，开始一阵咒骂。因为一个持装备的月球人在我身后用刺棒戳了我一下。

我挣脱了他们抓着我的小触角，冲着那个拿着刺棒的家伙骂道：“去你妈的！我已经警告过了。你究竟认为我是什么做的呢，拿那个玩意儿戳我？你再碰我一下试试？！”

他的回答是用刺棒又戳了我一下。

我听见加富尔的警告和央求。那个时候我甚至觉得他是要跟那些月球人妥协。“我说，贝德福，”他喊道，“我知道该怎么办！”那个月球人又戳了我一下，我体内蓄积起来的能量像是被释放出来了一样。我突然挣脱了绑住我手腕的锁链。锁链被挣脱，我也将心头郁积的不敢反抗的顾虑都打消了。刹那间，我因为恐惧和愤怒，像是发疯了一样。我没有考虑后果，直直地冲着那个拿着刺棒的家伙脸上打了一拳。这时锁链缠住了我的拳头。

这引起了可怕的骚动，月球世界原本就充满着这样的骚动。

我那只被链条捆绑住的手好像一下击穿了他一样。他就像一种质地柔软的甜食被弄碎后流出甜的汁液一样！他的内部好像碎裂了！他开始吱嘎作响，喷溅出很多汁液，刚才的一拳像是击碎了一个牛肝菌似的。这个虚弱的躯体转了几圈之后，在几码以外的地方无力地跌倒在地。我被惊呆了。我不敢相信有任何生物会如此的脆弱。一时间，我恍然觉得这整个就像一场梦一样。

很快，我又回到了现实中，感觉情况较之前更危急了。所有月球人都退在我俩后面，非常警惕的样子。被我击碎的月球人倒地之后，这种包围之势至少持续了一秒钟。我想他们肯定是在脑子里飞快地想这件事情，我好像还记得把攻击他的那只手臂收了回来，脑子里面也开始迅速地想这件事。“该怎么办？”我脑子飞快地转着，“该怎么办？”就在这个时候，他们全都开始动了。

我意识到我们必须松开链条，而且，我在想，在这之前，我们要击退他们。我眼前是三个拿着刺棒的月球人。突然，其中一个向我刺来。刺棒飞过我的头，我猜应该掉入了我身后的深渊。

看见刺棒飞落，我使出浑身力气向它跳了过去。我跳起来的时候，他转身就跑，我把他压倒在地，坐上去，从他破碎的躯体上滑落，摔倒在地上。他的身子好像在我的脚底下扭动。

我坐了起来，看见月球人四散逃去，消失在黑暗中。我拼命把链条接口处的链环掰弯，挣开了捆住我脚踝的锁链。我赶紧站起来，可是手里还拎着那条锁链。这时，有一根刺棒从黑暗处飞来，像标枪一样从我身边掠过，又落到另一片黑暗之中。我向前跑了几步，转身看见加富尔仍旧站在深渊近旁的沟渠边上，他一边不停地抖动手上的锁链，一边嘴里嘟哝着什么。

“快一点！！”我冲他喊道。

“我的手被绑着的。”他回答道。

然后，我意识到我不能往他那个方向跑，因为如果算错步伐的话，很可能会坠下悬崖。加富尔伸着手向我跑过来了，胡乱地扯着锁链。

我一下子揪住了他的锁链并解开。

“他们去哪儿了？”他喘着粗气问我。

“逃走了，但是他们会回来的。他们还在向我们投掷东西，我们该走哪条路好啊？”

“就借着光，往那边那个隧道走，好吧？”

“好。”我回应道，这时他的手已经被松开了。

我跪下来帮他解开绑住脚踝的锁链。突然听见一声重物敲击的声音——不知道是什么东西——溅到了我们身旁青灰色沟渠的液体中。我有一种极其糟糕的预感，这些东西会从黑暗中跳出来，爬到我的背上。我听见加富尔跳着跑过来的脚步声。在我们右边很远的地方，我又听到一阵哨笛声还是口哨声。

我帮他把脚链子松开，放在他的手里。“拿这个对付他们！”我都没等到他回答就沿我们来时的路大步大步地跳走了。

我们三步并作两步地往前跑去。我说“跑”的意思，你一定得明白，那可是和在地球上的“跑”是截然不同的概念。在地球上，人在跑的时候，脚几乎在瞬间就已经落地了。但在月球上，因为引力弱，人会在空中悬上好几秒才落到地面。尽管我们很着急想往前跑，但是每跳一步都会有长时间的悬空。如果计数的话，应该会有七八下。只跳一步，人就飞走了一样。我脑子里在想各种各样的问题：月球人去了哪里？他们会对我们做什么？我们能否抵达那条隧道？加富尔落在我后面很远了吗？他们会把他拦下来吗？接着，我猛地落地，然后又一跃，又迈出了一步。

我看见有一个月球人在我前面跑，他跑的动作和人在月球上跑的动作一模一样，我看见他回头看我，厉声叫着从我要跑过的这条路上跑入一片漆黑之中。我想，他应该是我们的那个向导，但我又不敢确定。我又大大地跨出去一步之后，看见我的两侧都是岩壁。又跳了两步之后，我到了那条隧道，我调整自己跳跃的步伐，免得碰到较低的岩顶。我来到了一个转弯处，停下，然后回头看了看。叭，叭，叭，加富尔也走过来了。他每跳出一步都会有蓝光飞溅，他的身影越来越大。突然，就跳到了我面前。我们站在那儿，互相扶着。我们至少暂时甩掉了追赶我们的月球人，就我们俩待在这个地方。

我俩都上气不接下气。我们说话时喘着粗气，语无伦次。

“你把什么都搞砸了！”加富尔不停喘着气。

“你胡说，”我冲着他喊道，“不那样的话只有死！”

“那我们现在该怎么办？”

“藏起来。”

“怎么个藏法？”

“这儿挺暗的。”

“问题是藏哪儿啊？”

“就在边上的随便哪个洞里。”

“然后怎么办？”

“再说吧。”

我们接着向前走去，不一会儿就看见了一个有亮光的洞穴。加富尔走在我前面。他迟疑了一下，然后选了一个看起来很适合躲藏的黑色洞口。他向里走去，然后转过身。

“很黑。”他说。

“你的腿和脚可以给我照亮。你身上沾了那些泛磷光的东西。”

“可是——”

一阵很嘈杂的声音，我听见有叮叮咚咚的声响顺着主隧道传来，这显然表明他们追上来了。这真的很恐怖。我们立即向前面一个较暗的洞口跑去。在跑的时候，加富尔腿上的磷光给我照着亮。“幸好，”我喘着气说，“他们脱了我们的鞋，要不然，我们跑起来动静太大。”我们一直往前冲去，只是尽可能把脚步迈得很小，生怕碰到这洞穴的顶上。过了一会儿，我们好像已经跑远了，听不到那片闹哄哄的声音了。那嘈杂声变得越来越微弱，直到最终什么都听不见了。

我停下向后看了一眼，听见加富尔的走路声越来越轻，最后他也停下了。“贝德福，”他悄声说，“我们前面有光亮。”

我看了一眼，起初什么也没有看见。接着我发现他的头和肩膀的轮廓是在一片极微弱的光亮之中。我也看到，这黑暗中的光亮和我在月球上看到的蓝色光亮有所不同。因为这道光亮呈灰白色，那是一种极淡极模糊的白色，有那么一点像日光的颜色。加富尔也注意到了这个，也许是和我同时，或许比我还要早，抑或他也和我一样在想，要么是在比我更早一些的时候就在想，这似乎能带来某种希望。

“贝德福，”他悄声说，他的声音都是抖着的，“那道光——也许是——”

他没敢把所希望的事情说出来，只是稍稍停顿了一会儿。突然，我听他的脚步声就知道，他是在大步朝那白色的光走去。我跟着他向前走，心嗵嗵直跳。

第十六章

我们向前走的时候，光越来越强。几乎是一会儿的工夫，那光就和加富尔腿上的磷光一样亮了。我们走的隧道渐渐变宽，最终通向一个大洞穴，而这光亮就在这洞穴的尽头处。我觉得有一种什么东西让我陡生希望。

“加富尔，”我说，“这光是从上面照来的！我能确定是从上面照下来的！”

他没吭声，但跟上来了。

毫无疑问，那是一束灰色的，或者说泛银色的光亮。

很快，我们就站在这光束的下面。那束光线是从岩壁上一个小缝隙中间射进来的。我抬头看时，有一大颗水珠滴在我的脸上，我吃了一惊，连忙躲在一边；接着，又有一颗水珠跌落，声音很响亮。

“加富尔，”我说，“如果我们俩一个能将另一个托起的话，我们就能够到上面的那个裂缝了。”

“我来举你吧。”他边说，边使劲将我托起，像托起一个婴孩那样。

我伸出胳膊，手指正好勾到了一块手可以抓住的岩石。我看见光越来越亮了。虽说我的体重在地球上有一百六十磅，但在这儿，我用两只手指勾住那块岩石，几乎不费吹灰之力，就爬到了更高处的一块岩石上。这样，我的脚就踩在了那个窄窄的裂口上。我站着用手摸索上面的岩石；上边的裂缝越来越宽。“能爬上去，”我告诉加富尔，“我把手伸下来你能不能跳起来够得着？”

我把身子挤到这裂缝中，膝盖和脚抵着岩石突起的地方，伸出去一只手。我看不见加富尔，可是能听见他准备跳跃的窸窸窣窣的声音。接着，我听见“嗵”一声，他吊在了我胳膊上，还没有一只猫重！我把他拉上来，直至他的手也抓到了岩石上，才松开了我的手。

“好的，”我说，“在月球上人人都可以当一名攀岩者。”接着我又开始一鼓作气地往上爬。我老老实实地爬了几分钟之后，又抬头看了看。这裂缝看起来开口越来越大，而且光越来越亮。只是——

那并不是什么日光。

过了一会儿，我终于能看清它是什么了。看清那是什么之后，我失望至极，只想一头撞石头上撞死算了。因为我一开始看见了被我认为是一个宽阔的到处是岩石的斜坡，事实上只不过是长满像棍子一样蕈菌植物的地方。每一棵植物都发出那种银粉色的光亮。我盯着这些蕈菌植物发出的柔和的光亮，随后在这植物丛里上上下下跳了一阵子。我还摘下一些植物，用力向岩壁扔去。然后，我坐下来，苦笑着，看见加富尔的脸红通通的。

“这又是磷光！”我说，“不用再着急了，坐下好好歇一会儿吧。”当他还在喋喋不休地说他有多扫兴时，我又摘了些蕈菌植物扔进了裂缝里。

“我以为那是日光。”他说。

“日光！”我说，“黎明，日出，云朵，有风吹过的天空！我们还能再看到这些吗？”

我说的时候，眼前像是浮现出一幅小小的地球的画面，那么明亮，那么清晰，就像是一幅古老的意大利绘画里的景色。“天空是变幻着的，大海是变幻着的，山和绿树，城市和乡村在太阳下熠熠生辉，想想日落时分的湿屋顶，加富尔！想想靠西的房间的窗户。”

他并未作声。

“在这儿，我们就藏在这非人类的世界。在这无尽的地底深处，有一片墨黑阴森的海洋，而在这外面，是炽热的白天和毫无生气的夜晚。而这些追赶着我们的家伙，就像是包了一层皮革的兽一样——或者说像昆虫一样，这些只可能在噩梦里才会出现的东西。可是，他们又有什么错呢？我们干吗要来这个地方？难道就是为了摧毁和扰乱他们的世界吗？我们现在很清楚的是，他们已经出动了，要找到我们。很快，我们将会听见他们叮叮咚咚的敲击声。我们该怎么办？我们该躲向何处？我们在这儿就如同从杰姆拉齐的娱乐场跑入了苏必同的别墅，真是惬意！！”

“这都怪你！”加富尔说。

“我的错？”我冲他大喊，“苍天啊！”

“我有个办法！”

“狗屁的办法！”

“假如我们那时候不跟他们走的话……”

“那些刺棒戳着你，你不走？”

“对，那样的话他们就只能扛着我们。”

“扛着我们通过那座桥？”

“对，他们肯定是把我们从外面扛到洞里面来的。”

“我真希望被一只飞过天花板的苍蝇扛过去，苍天啊！”

我接着破坏那些蕈菌植物，突然我发现了一样东西，这东西立马吸引了我的注意力。

“加富尔，”我说，“这些锁链是金子做的！”

他正在沉思中，双手托着面颊。听到这话，他缓缓抬起头，盯着我看。我又重复了一遍刚才的话，他也看了看自己右手腕上绕着的锁链。“真的是，”他说，“真的是啊！”但他脸上的兴奋却转瞬即逝。迟疑了一下，他又陷入沉思。我坐在那儿，有好一阵子都在思考刚才发现的东西。直到我终于想到，我们周围无处不在的蓝光其实把金属所有的光泽都遮盖掉了。这一发现让我的思绪又飘到了很远的地方。我都忘了我其实一直都在问我们来月球的目的。黄金……

加富尔先开了腔：“我觉得好像我们面前有两条路。”

“嗯？”

“我们要么设法找到出路——如果有必要就冲出去——再回到月表上，找到我们的飞行器；要么，我们会被冻死在这寒夜里，或者——”

他顿了一下。“什么？”我问他，尽管我已知道他要说什么了。

“我们或者可以尝试着和这月球上有些思维的生物交流。”

“在我看来——我选第一条路。”

“我不知道是不是可行。”

“我觉得可以。”

“你看，”加富尔说，“我觉得我们不能按我们所看见的去考量这些月球人。因为他们的中心世界——文明世界也许在更深处海洋周围的那些洞穴里。而我们所在的这个区域只不过是他们世界的边缘地区，或者说偏僻地带。不管怎样，这是我的理解。我们看到的这些月球人也许只相当于牛仔或是机器操作工。他们使用的刺棒——也许是用来刺怪兽的武器——他们认为我们做不了他们能做的事，就是缺乏想象力的表现——而且他们极其粗鲁，这都证明他们只是低等的月球人。但如果我们能够忍受……”

“我们谁都不会在那块架在深渊上的只有六英尺宽的板子上走多久的。”

“是，我们是不会，”加富尔说，“但是……”

“我不愿意。”我说。

他又发现了一系列新的可能性。“那设想我们藏在某个角落里，我们在那儿能够抵御那些卫兵和工人。举个例子来说吧，我们可以待一个星期或是更长的时间。那么，我们在这里逗留的消息就会传到那些智力水平更高、月球人口更为密集的地区……”

“要是确有这样的月球人的话。”

“肯定会有，要不怎么会有那么大型的机器啊？”

“那倒也是，但这是两条路中最糟的一条。”

“我们可以在墙上画上标记……”

“那我们怎么知道他们的眼睛就可以看到我们画的东西呢？”

“如果我们刻下来呢？”

“那当然好一些。”

我有了一个新思路。“毕竟，”我说，“我想你总不会认为这些月球人比人类要更智慧吧？”

“他们知道的肯定更多——至少是许多不同的事情。”

“对，但是——”我迟疑了一下，“我觉得你必须承认，加富尔，你是一个极其不寻常的人。”

“怎么这么说？”

“唔，你呢，其实是一个孤独的人——你一直都是，至今未婚。”

“我从来没想过要结婚，但是这又……”

“你也从未真正需要过。”

“我从未想过。”

“你只是对知识有渴求欲？”

“唔，葆有一定的好奇心，这很正常啊。”

“你这么想吗？那就对了。你认为每个人都有探寻欲。我记得有一次，我问你为什么搞这些研究，你说你想得到‘皇家学院院士’头衔，想要把你研究的物质命名为‘加富里特’等等。可是你自己很清楚你并非为了这个来搞研究；而那个时候，我的问题显然又让你惊讶了，你觉得应该编造一个听起来像是动机一样的东西。而你搞研究呢，是因为你就想这么做，你生来如此。”

“也许你说的有道理……”

“成千上万的人里面有这样一个人就不错了。大部分的人只想——得到各种物质的东西，但是极少数的人是为了研究而做研究。我就不属于这一类，这点我很清楚。现在，这些月球人像是在积极地忙碌着什么。你又怎么知道，哪怕是那些智力水平高过人类的月球人，又对我们和我们的世界有半点兴趣呢？我想他们都不知道我们生活在另外一个世界。他们也许除了炽热的太阳之外，没有见到过别的天体。他们怎么能够知晓还有另外一个世界的存在呢？如果他们知道，那又如何呢？即便他们看到过几颗星星，或是地球新月形的影子，那又怎样呢？对于一个居住在某个星球内部的居民而言，他们为何要不怕麻烦去观察这些个事情？人们只有在了解季节更迭和航海时才会去观察这些，可是月球人又凭什么要这么做呢？……

“唔，这样，假如他们中有像你这样的哲学家，他们恰好就是从未听说过有我们存在的月球人。假设有一个月球人碰巧在你居住在林尼时到访过地球，那么，你肯定是最后一个听说这个消息的人。因为你从来不读报！这样机会就离你而去了。那么，我们就是为了赢得这样的机会才无所事事地坐在这里，任宝贵的时间流走。我告诉过你了，我们现在身处困境。我们没有任何装备，又弄丢了飞行器。我们没有吃的，又把自己暴露给了月球人，而且他们现在觉得我们是陌生、强大又危险的动物。除非这些月球人根本就是一群白痴，要不然他们现在肯定已经开始搜寻，直到找见我们为止。如果发现了我们，他们会尽力捉住我们，如果不能，就会把我们杀掉。如果他们捉住我们，我们同样会因为无法和他们达成交流被杀掉。我们被弄死之后，他们会对我们品头论足，但是这对我们来说是毫无乐趣可言的。”

“接着说。”

“另外一方面，这里到处是叮当作响的金子，就像地球上的铁一样常见。如果我们能带些金子回去，如果我们能在他们找到我们的飞行器之前找到飞行器，然后回到地球，那么——”

“怎么？”

“我们会准备得更妥当，乘坐一个更大的飞行器，带着枪支再回到月球。”

“老天啊！”加富尔喊道，尽管这听起来有些恐怖。

我又摘了一把闪着磷光的植物扔进了裂缝里。

“快看这儿啊，加富尔，”我说，“我在这件事情上不管怎样都有一半表决权。这是一个现实的人解决问题的办法。我就是个现实的人，但你不是。如果我有办法，我不想再依靠什么月球人或是几何图形。我说完了。我们回去，保守这个秘密——或是绝大部分。然后再回到这里。”

他想了想。“我再回到月球时，”他说，“我会一个人来。”

“我想，眼下最重要的问题是，”我说，“是怎样回到飞行器里去。”

好一阵子，我们就坐在那里，两手抱膝，默不作声。忽然，他好像决定采纳我的意见。

“我觉得，”他说，“我们可以找到证据，很明显，当太阳在月球一边的时候，大气会吹过月球内部海绵状的通道，从黑暗的那一边吹过。而在这边呢，空气膨胀，从月球的这些洞穴中溢出，涌向外面的火山口——这样一来，就有了气流。”

“嗯，这里的确有气流。”

“这足以说明这里绝对不是个死胡同；在我们后面的这个裂口，可能会一直向上延伸。这气流是向上涌的，那正是我们应该走的路。如果我们能沿着什么烟囱或是山沟往上爬的话，我们不仅能够从它们追捕我们的这些通道逃脱——”

“但是如果这沟太窄的话？”

“那我们就重新爬下来。”

“嘘！”我突然对他说，“什么声音？”

我们听了听。起初只是模糊不清的喃喃自语，接着就有了叮叮咚咚的声音。“他们肯定以为我们是月球兽，”我说，“会害怕这样的声音。”

“他们肯定想不到这个裂缝，应该会从那儿走过去——”

我又听了听。“这回，”我高声对加富尔说，“他们很可能带了武器。”

突然我惊得跳了起来。“天啊，加富尔！”我喊道，“他们一定会发现这个裂缝的。他们会看见我扔下去的那些蕈菌植物。他们会——”

我话都未能说完，转身跳过一些蕈菌植物，落在了这洞穴的顶端。我发现洞穴的空间是向上伸展的，变成了一个通风的口子，而且一直向上，直直通向无边的黑暗。我刚想爬上去，却又灵机一动，转过身来。

“你要做什么？”加富尔问我。

“快往前走！”我说，然后我又跳回去，摘下两棵闪着磷光的蕈菌植物，将其中的一棵放在我法兰绒衬衣胸前的口袋里，这样一来它就能给我照亮了。然后，我把另外一棵给了加富尔。月球人的声音听起来很吵，他们现在肯定已经在裂缝下面了。但很有可能他们很难爬上来，或是他们还在犹豫要不要爬上来，怕我们会反抗。不管怎样，我们非常高兴的一点是：在这样一个星球上，我们显然有着与生俱来的体力上的极大优势。很快，我使出很大的劲接着往上爬了，我看见加富尔被蓝光照亮的脚后跟。

第十七章

也不知道爬了有多久，我们最后到达了一道栅栏处。也许我们只向上爬了几百英尺的样子，但是我感觉我们在中途连磕带碰，拉拉扯扯了好久，也许按垂直距离算，绝不下一英里。每当我想到那次的经历，我脑海里总会浮现出手上的锁链在走动时发出的沉重响声。很快我的指关节和膝盖都开始有疼痛感，我一侧的脸颊也被蹭破了。过了一小会儿，我们不再那么鲁莽而急躁地攀爬，脚底下的动作变得从容和轻松了，也好像完全听不到追赶我们的月球人的脚步声了。尽管摔在地上的那堆被弄碎的蕈菌植物暴露了我们的行踪，可是他们好像并没有沿着那裂缝来追我们。裂缝时而变得极窄，我们很难挤进去；时而裂缝又变成一个开阔的大洞口，岩壁上刺状的晶体物点缀其间，很多菌孢铺了厚厚一层，闪着光亮；时而裂缝又呈螺旋形扭曲；时而它又斜下去，几乎呈水平的方向。身边可以感觉到不断有水珠滴落。有那么一两次，我们感觉有一些小小的动物像是从我们身边掠过去一样，可是我们终究没有看清它们到底是个什么模样。也许它们是我们前所未见的最毒的野兽，但是它们却没有攻击性。而且我们已做好准备，就是再怪的动物爬过来，我们都不会有什么所谓。最后，从远处很高的地方射过来一道非常熟悉的蓝光。后来我们发现这光是从一道栅栏里射出来的，而这栅栏正好挡住了我们的路。

我们俩窃窃私语，向对方提醒了前方的状况。这样我们在前行的时候就更加谨慎了。很快，我们就到了这栅栏底下，我把脸靠在栏杆上，只看见了上面洞穴很有限的一部分。很明显，这空间很大，而且这光亮肯定也是那同样的流着蓝色物质的沟渠所发出的光。这些物质都应该是从我们看见的那个巨大的机器中流出的。不时有水滴从栅栏中间落下，滴到我脸上。

我起初是想着看看这洞穴的地上究竟有些什么东西，但是因为那个栏杆是向下凹着的，它的边缘正好挡住了我的眼睛。我们只能把注意力转移到听各种声响上。过了一会儿，我看见远处上方的洞顶处，有几个影影绰绰的身子走了过去。

毫无疑问，不是就那么几个外星人，也许这次有很多。因为我听见他们交谈的声音和它们脚步落地的轻轻响动。同时，还听见有规律的重复的响声，嚓，嚓，嚓——时起时落，就像是刀或者锹在锉什么软的东西一样。接着又是一阵锁链发出的声响，就像是有卡车从空旷的地方驶过一样。接着，又是那种“嚓、嚓、嚓”的声音。那些有特别形状的影子迅速移动，并且显得很有节奏一样，伴随着那有规律的声响。随后，影子不动了，声音也停了下来。

我俩把头抵在一起，开始悄声讨论该怎么办。

“他们在忙，”我说，“他们像是在忙什么事情。”

“是的。”

“他们好像既不在找我们，也没想着要找我们。”

“也许是它们没有听说过我们。”

“另外一群人在这下面找我们，如果我们在这儿突然出现——”

我们都不知道该怎么办，只是看了对方一眼。

“也许这是个交流的机会。”加富尔说。

“不，”我说，“现在不行的。”

我俩都各自沉默着，每个人都忧心忡忡。

嚓，嚓，嚓。这声音又响了起来，影子也开始动来动去。

我看了一眼栅栏。“这东西并不结实，”我说，“我们可以折断两根栏杆，从中间钻过去。”

我们花了很长的时间，做这种无用的讨论。然后，我两只手握住栏杆，把脚抬起来抵在岩石上，直到脚蹬到和头水平的位置。我使劲推那个栏杆，栏杆突然被掰弯了，我差点滑了下来。我爬了起来，又朝相反的方向掰弯了旁边的栏杆。然后，我从口袋里掏出来那棵植物，朝裂缝扔了下去。

“千万不要轻举妄动。”加富尔轻声跟我说，这个时候我正从刚被我弄开的栅栏中往上钻。我钻过去的时候，扫了一眼那些忙碌着的身影。然后我立刻俯下身，这样一来那道栅栏凹着的边缘正好遮住我，他们就看不到我了。我在地上躺平，向加富尔示意让他也过来，他也正准备要钻过来。不一会儿，我们俩就都趴在那一片低洼处了。我们就这样，偷偷地看洞穴里的情况以及那边忙碌着的月球人。

那是一个很大的洞穴，一开始看好像还没那么大。我们从斜坡的低处抬头向上看去，这个洞穴越往上，越开阔。它的洞顶是凹下来的，所以远处的部分基本上都被遮挡掉了。一开始我们看到很多体积极大的东西，最后却消失在了雾蒙蒙的远处。就像是几只巨大又苍白的船一样，月球人在那些船上忙着什么。最初，那些东西的影子看起来就像是白色的大圆筒。然后我注意到，那些东西上堆放着一颗颗脑袋，头朝着我们这边。但是这些头颅上没有眼睛，也没有皮肤，就像是在屠宰铺里被扒了皮的羊头一样。再后来，我发现这其实是被宰杀的月球兽的尸体，就像被捕鲸船的水手捕获并肢解了的鲸鱼的尸体一样。他们把肉切成一条一条的。在更远一些的地方，我看见肉堆上有些白色的肋条。方才那“嚓、嚓、嚓”的声音是它们在切肉。远处还有一个像推车一样的东西，这些推车用一根线扯着，上面装着一条条松软的肉。这台车正朝着一条斜坡驶去。在一条极宽阔又很长的路上，摆满了像船一样的肉，一排一排。这肯定是月球人的食品了。我不禁想到月球上也一定人口稠密，我们当时从洞穴边上往下看的时候，也曾有过同样的想法，但此时的这种念头更加强烈了。

起初，我认为月球人一定是站在用支架撑着的板子上的。接着我看见那些板子、支架，以及斧子都是铅灰色的。在那道白色照在我的脚镣上之前，好像脚镣也是呈铅灰色的。有很多看起来很粗的撬棍胡乱地搁在地板上，就像是用来翻动那些怪兽的躯体用的。这些撬棍足有六英尺，顶端有一个像手柄一样的东西，看起来非常像是武器。这整块地方都被这蓝色的磷光照得发亮。

我们就定定地趴在那个地方，很久都默不作声。“怎么？”加富尔问了我一句。

我往里又蜷了一下，把脸转向加富尔，突然有了一个很好的主意。“除非他们是把这些尸体用起重机吊来的，”我说，“要不然，我们应该离地面很近了。”

“为什么？”

“因为月球兽既不会跳，也不会飞。”

他探出头，又往这洞穴边缘看下去。“我心想，现在——”他开了腔，“毕竟，我们一直都离月表不远的。”

我一把拽住他的胳膊，打断了他。因为我从裂缝下面听见有声音传来。

我们缩成一团，躺在地上像死了一样一动不动，每一根神经都提高了警觉度。很快，我确信是有什么东西悄悄地沿着裂缝爬上来了。我轻轻地、慢慢地攥紧了锁链，耐着性子等着看那东西出现。

“再看一眼拿斧子的那些家伙。”我说。

“他们没事的。”

我立即向栅栏的开口处看去，月球人已经在向上爬了，他们叽叽喳喳的声音听得很清楚。他们往上爬时，手触碰到岩石，有尘土剥落。这些声音都很清晰。

然后我看见在栅栏下方的黑暗中，有什么东西在隐隐动着一样，可是我又分不清那是什么东西，又似乎这移动的东西突然停了下来，然后突然一阵碎裂的声音。我跳了起来，冲着我面前闪过的那个东西扑打过去，原来那是个矛尖。我想那可能是因为裂缝太窄，这矛尖无法斜着向我刺过来。

不管怎样，这些矛尖像是蛇吐出的信子一般，从栅栏中不断戳出来。庆幸的是，它并没有戳到我。紧接着，这矛尖像是退了回去，然后又戳了过来。但第二次又有矛尖刺出的时候，我猛地一抓，将它推到一边。正在这时，另一个矛尖又戳了过来，不过还是没有戳到我。

我高兴地大喊大叫起来。因为我感觉自己抓住了那个矛尖，而月球人正在顽抗，想从我手中抽出矛尖。但最后，他还是放手了。我接下来把手转过去，拿着矛尖向栅栏下边戳去。然后我听见黑暗中有一声尖叫。就在这时，加富尔也弄断了一个矛尖。他在我边上胡乱地甩着那个被折断了的矛尖，随便向下边戳了过去。咣，咣，栅栏里传出一阵声响，然后有把斧子从空中飞过来，砸到了我们身边的岩石上。这场景让我想起了洞里面割肉的那些月球人。

我转过身，看见他们都抖动着斧子向我扑来。这些月球人矮小而粗壮，就像是小叫花子一样，长着长长的胳膊。他们和我们之前见到过的月球人有明显的不同。如果他们之前没有听说我们造访月球的新闻的话，那么他们一定是突然意识到了问题的严重性，才会有这么灵敏的反应。我手里拿着矛，盯着他们看。“把好那个栅栏口，加富尔。”我大喊道。说这话的同时，我大声吼叫着，想要把他们吓跑，并冲了过去。有两个月球人想要来砍我，可是没砍到。其他的都四散逃走了。而那两个方才拿着斧子砍我们的月球人也朝洞穴较陡一边的斜坡那边逃走了，他们的手紧紧握着，耷拉着脑袋。我从未见过有人像那样跑过。

我知道我手里拿的这矛枪对我来说没什么用。它又细又软，只有拿它来刺第一下的时候还管用。但因为杆子太长，不容易立即抽回来。所以，我只能在近旁一个尸体边上追月球人。我停在那儿，捡了搁在那地方的一根撬棍。

那撬棍很沉，拿它可以轻而易举地把所有月球人都敲得粉碎。我扔掉手中的矛枪，又从地上捡起一根撬棍。我感觉自己拿了这两根撬棍以后，自信心倍增。我就这样挥舞着撬棍，吓唬月球人。他们停下来，一小群站在洞穴上方很远的地方。我回头看了一眼加富尔。

他从栅栏的一边跳到另一边，不断地用他断掉了的那根矛枪恐吓着月球人。一切还算好，起码，这能让这些月球人消停一会儿。我又抬头看了一眼洞穴。我们到底该怎么办呢？

我们现在是被包围之势。可那些在洞穴里的月球人肯定很诧异，他们也许是被吓坏了。他们也没有什么特别的装备，手里只拿着那些小斧子。这是我们逃生的机会啊。他们身体粗壮——似乎比那些看管月球兽的月球人还要粗壮——他们现在正往斜坡上四散逃离。这说明它们不清楚该怎样对付我们。我现在就如同街上疯跑的一头公牛一样，心理上有优势。除却这一点，他们似乎真的很势众的样子。很可能他们的数量有很多很多。裂缝下方的月球人举着长长的矛枪，他们也许还有出奇制胜的法宝。但是，真是该死！如果我们朝洞穴上方的月球人扑去的话，那么下边的就会冲上来，这样我们只可能被围攻。鬼知道我们下面这个未知的世界，这个我们只接触到了它外围的这样一个世界，是否会有致命的武器来毁灭我们，是枪、炸弹，还是地雷。但是很明显，我们现在只有冲锋陷阵了。看见有新的月球人冲下洞穴，向我们扑来，这遭遇已经再清楚不过了。

“贝德福！”加富尔喊道，他那时还站在我和栅栏中间。

“快回啊！”我喊道，“你在做什么啊？”

“可是他们好像有——有枪啊。”

在栅栏间不断挥舞着的矛尖中，冒出来一个细细长长，长着角的月球人，我看到了他的头和肩膀。他的手中好像拿着一个极复杂的武器。

我察觉到加富尔要应付这场战斗的慌张。迟疑了一会儿，我就从加富尔身旁冲了过去。我手里拿着撬棒，一边向前冲，一边大喊，想要转移月球人瞄准的目标。他瞄准的样子很是古怪，那武器抵着肚皮。“嗖”一下，我才发现那东西原来不是枪，他射出的东西像箭一样。我刚跳起来，就被这射过来的东西击倒了。

我并没有完全摔倒在地，只是比正常应该下落的高度略微短了一点而已。我感觉这射出来的东西掠过我的肩膀，就那样一扫而过。然后我的左手碰到了墙上，我发觉似乎有个矛尖一样的东西插了一半在我的肩膀上。我右手拿稳撬棒以后，就朝那个月球人径直打去。他倒下了，碎成一块儿一块儿的，脑袋就像鸡蛋一样破了。

我扔下撬棒，从肩上拔下矛尖，向栅栏下边的黑暗处捅去。我每捅一下，都能听见一声惊叫。最后我使出浑身的力气把矛枪投过去，又爬上来，重新拿起撬棒，接着对付洞穴上方那些更多的月球人。

“贝德福，”加富尔喊道，“贝德福！”我这时已经跳过去了。

我好像依稀记得他跟上来的脚步声。

跨出去一步，跳起来，再跳起来。每跳起来一步都好像要用很久一样。这样每跳起来一次，洞里面的月球人好像又多了一些。一开始，他们就像是在蚂蚁堆中受惊吓四处逃散的蚂蚁一样。有那么一两个还拿着小斧子向我扑来，更多的是在逃离。有些往堆积着尸体的地方逃去，藏在尸体中间。不一会儿，一些带着矛枪的月球人又赶了过来，然后又来了一群。我看见最匪夷所思的事情是：这些月球人手脚并用，四处躲藏。洞穴的上面更深处变得越发暗了。“嗖”一下，有什么东西从我头上掠过。“嗖！”我还跃在半空的时候，看见一支矛枪扎在了我左侧的一具尸体上。然后，我落地，又有一根扎在了我眼前的地上。我听见远处传来“嗖嗖”的声音，这是他们向我们进攻的声音。“嗖嗖嗖嗖！”一时间这箭就像雨一样下过来。他们在一齐朝我们发射。

我傻在那里了，一动不动。

我想我当时脑子里面很乱，记得脑海里蹦出一个很俗套的警示语：“火力区，隐蔽！”我知道我当时冲到两具尸体中间，站在那儿喘着粗气，感觉很邪恶。

我到处找加富尔，一时间，他好像蒸发了一样。然后我看见他从一堆堆尸体和层层叠叠的洞壁那边走来，我看见他的脸又黑又蓝，不知道是因为流汗还是激动，看起来神采奕奕的样子。

他说着什么，我却真的没有听清。我已经想到了我们可以用那些尸体做掩护，和月球人搏斗。我们到高处以后，直接冲锋就行了。如果不这样，只有等死。“快啊！”我边喊边领着路。

“贝德福！”他无望地喊道。

我们行走在那些尸体和岩壁之间的时候，我脑子一直在转。因为我们周围的岩石蜿蜒扭曲，这样一来，月球人就射不到我们。尽管这些很窄的地方我们无法跳跃，可是我们还是可以比月球人快很多，因为我们生来就比他们的体力要强很多。我想我们过不了多久，就能到他们中间了。我们一过去，他们就像虫子一样容易对付了。只是，这时他们又开始向我们发射。我想出一个办法，跑的时候把法兰绒外衣迅速脱掉了。

“贝德福！”加富尔在我身后喘着粗气。

我回头看了一眼。“怎么？”我说。

他指了指尸体堆的上方。“有白光！”他说，“又看见白光了！”

我看了看，的确是有白光。是从较远处的洞顶处射过来的一束白光。这让我顿时有了力气。

“跟上。”我说。一个扁平又高个的月球人从黑暗中跑了出来，叫喊了一声，跑走了。我停下，用手挡住了加富尔。我把外衣包在撬棍上，很快躲到另一个尸体边上，扔下外衣和撬棒，起身让他们看到了自己，然后又冲了过去。

“嗖——嗖！”飞过来一支箭。我们离这些月球人很近。他们站成一群，高的、矮的、壮的全站在一起，布了一组发射的武器在我们的上面。第一发射过来之后，又飞来第二、第三、第四发。然后，他们又停下了。

我伸出头去，一支箭正好掠过我的头顶。这次，我招来他们一阵狂射，听见他们叽叽喳喳，又喊又叫。他们射箭过来的时候，好像很激动。我又重新拣起外衣和撬棒。

“看我的！”我边说，边挥舞着外衣。

“嗖嗖嗖！”一时间又是一阵狂射。我的外衣上戳满了箭，而他们全射在了我们身后的尸体那儿。我很快从外衣中抽出撬棒，扔下衣服——我想这衣服可能现在还在月球上——我随即向它们冲去。

一时间，就像是一场大屠杀一样。我异常凶猛，月球人可能是吓得不敢还击了。不管怎样，他们再没有回击我们。我当时杀人杀红了眼，就像俗语说的那样。我还记得我踩过那些皮包骨的月球人，就像从一片深草丛中那样踩过，左踩一下，右踩一下，全都踩倒。就这么踩啊踩的，小小的水滴四处乱飞。我踩在他们身上，他们碎裂开来，发出叫喊，我都快滑倒了。那群月球人就像水一样时聚时散。他们好像并未有一个完整的计划。我眼前还是有箭飞过，其中一支箭擦伤了我的耳朵。我的胳膊和脸上都被刺破一次。但这都是后来才知道的，不知道当时怎样流出了血，血黏糊糊的我才发现。

当时加富尔在干什么，我一无所知。我当时觉得这场搏斗像是持续了好久，而且好像不会结束一样。突然间，这一切就中止了，只看见月球人四处逃散时上下晃动着的脑袋。我好像倒也没什么大碍。向前跑了几步，冲他们喊了一通，又折转回来。我感觉这非常不可思议。

我大步流星地穿过他们的队伍，他们全被我落在后面，而且还在四散逃离。

我曾为这样一场自己奋力拼杀的战斗这么轻而易举的结束感到吃惊，却没有一点点激动。我觉得倒不是月球人特别软弱无能，而是我也太强悍了。我开始傻笑起来。多么奇妙的月球！

我又看了看那些四散开来的被我砸碎并且还在蠕动着的月球人的身体，隐隐觉得还会有下一场交锋。我快步追上了加富尔。

第十八章

不一会儿，我们眼前的洞穴变得开阔，却被蒙上一层雾似的。往前走了一会儿，我们发现自己走到了一片倾斜的廊道上，这廊道突起，变成了一个圆形的空间，像是一个圆顶的坑道一样，直上直下。在它的周围，那个倾斜的廊道向上延伸，没有任何护墙，一直延伸到了岩石上面。这令我想起圣哥萨的螺旋状盘旋的铁路。这个地方巨大无比，我真不知道该怎么描述。我们顺着这巨大的斜坡向上望去，只见高处有几颗稀疏的星星散发着淡淡的光辉。而且有一半完全看不清，因为太阳光太刺眼。看到这番景象时，我们不约而同地惊叫起来。

“赶紧来！”我边走边说。

“你确定要去那儿吗？”加富尔说的时候极小心地朝这个廊道的边沿处看了看。我学着他探出头向下看去，却被上面刺眼的光线晃了眼睛，只能看见下方无边无际的黑洞里飘浮着一块块的光斑，有深红色的，也有紫色的。可是我却能听到一些声音，在这黑暗中传出的声音就像蜂房里的那种嗡嗡声，是蜜蜂被激怒时才发出的嗡嗡声。这声音像是从一个巨大的洞里传出，就在我们脚下几英里的地方。

我听了一会儿，然后握紧了抓在我手里的撬棍，接着向前走去。

“这肯定就是那个我们先前见过的大坑。”加富尔说，“就是那盖子下面的那个。”

“底下就是我们看见光的地方。”

“光！”他说，“是的，是我们永远都无法再见到的光。”

“我们会回来的。”我说。因为我们暂时已逃脱险境，我天真地认为我们可以回到飞行器里。

他的回答我没听懂。

“嗯？”我问他。

“没关系啊。”他说道，然后我们默不作声地往前走。

我觉得那条斜坡的长度大概在四五英里——如果把弯道也算上的话。而且，因为这路就是倾斜着向上延伸，如果是在地球上，这根本无法行走。可是我们现在却可以轻而易举地爬上去。在我们向上爬行的过程中，我们只见到两个月球人。而他们一看见我们，就径直跑开了。显而易见的是，他们知晓我们的厉害。我们往外走的这一段意想不到的顺利。原本螺旋形的坑洞变成了一条陡峭的直上直下的隧道。这坑洞却也极短，高大的拱顶使洞内一下子没有了暗的地方。因为突然之间，我发现，上方高处的地方有通往外面的出口。出口处的光亮得刺眼。在陡峭的山坡上，长着一丛丛刀刃般的灌木丛。这高大的灌木丛零零落落，干枯又毫无生机。太阳下，灌木丛投射着一片满是芒刺的剪影。

真是奇怪，不久前对我们而言不可思议甚至有些可怕的植物，现在看来却是那么亲切，就像是被放逐的流亡者又回到家乡一样。我们激动地呼吸着稀薄的空气，大口大口喘着气，开口讲话都很困难。我们头顶的光圈不断变大，近处的隧道都已沉下去，隐没在深不可测的黑暗里。我们只能看见干枯的植物的枝丫，以及在这片杂乱的岩石上面投下的斑驳的树影，却看不到任何绿色。隧道的洞口露出一大片空地，有兽群留下踩踏的痕迹，这应该是月球兽出没的地方。

我们最终爬出来，来到了这片有着光和热的地方。我们极小心地穿过这片毫无遮挡的开阔地，来到一片坡地上，那里有很多灌木丛。再后来，我们坐下来，喘着粗气。那是一块高地，有奇异形状的熔岩投下的影子。可就算在这阴影中，岩石也是炙热的。

空气极其燥热，我们身体到处都不舒服。但是无论怎样，我们总算逃出了梦魇。我们像是回到自己的家乡一样，天空有星星照耀，方才逃亡时的害怕与紧张都已经无踪无影了。和月球人刚才的殊死搏斗让我们又增添了几许自信。我们回头望去，几乎难以想象我们是从那里爬出来的，在那底下，在蓝幽幽的光线中，除了深不可测的黑暗之外，我还记得我们遭遇到的也许是人间最疯狂的嘲弄，那些戴着头盔的月球人，我们战战兢兢地走在他们前面，我们屈服于他们，直到忍无可忍。后来，他们的身子像蜡一样被击碎，像谷粒一样一颗颗四散逃离，就像梦里出现的怪物那样突然隐匿。

我揉了揉眼睛，分不清楚是否是因为吃了那些蕈菌植物后入睡，然后梦见了这些东西。可突然间，我发现脸上有血，而且衬衫和肩膀胳膊都粘连在一起，很痛的感觉。

“好的！”我说着，用手摸了摸伤口，然后看见远处的一个洞口，就像是一只注视着我们的眼睛一样。

“加富尔！”我说，“我们该怎么办？我们该怎么办？”

他摇了摇头，眼睛盯着那个洞口看。“鬼知道他们究竟要干什么？”

“这取决于月球人怎么看我们，我也不知道他们到底怎么想。这真得看他们还能玩什么花招。就像你说的，加富尔，我们只是接触到了他们世界的外围而已，他们在月表下也许有着种种的安排和布局，甚至会有那些能射击的东西，这对我们来说都是不利的。但不管怎样，”我说，“即便我们一时半会儿找不到飞行器，我们还是有机会。我们可以再撑一撑，哪怕是撑过这儿的夜晚。然后，我们还可以再回到洞里，再为抢一个住所和他们打仗。”

我用非常怀疑的眼神环顾四周，周围的景色已经和之前大有不同。在经历过疯狂的生长之后，这些植物又开始急速地枯萎。我们坐在一个较高的位置，可以看得到整个火山口的景色。我们发现在月球上的下午，到处一片萧条枯败的景象。我们前方很大的几处斜坡和田野曾是放牧月球兽的地方，现如今已经被它们踩踏成了一片残枝败叶。更远一些的地方，有月球兽在太阳底下昏昏欲睡，它们三五成群，每只兽都在旁边投下一个影子，像是沙丘边的羊群一样。可是却不见有月球人的踪影。他们难道是被我们吓跑了，还是他们已经习惯把月球兽放出来以后就回去了，我真的不得而知。那时，我觉得第一种可能性较大。

“如果我们在这儿放一把火，”我说，“那我们说不定会在灰烬里找到飞行器。”

加富尔像是没有听到我说话。他把一只手遮在眼睛上，透过手的缝隙看天上的星星。尽管太阳光很强烈，但天上的星星还是清晰可辨。“你觉得我们在这里已经有多久了？”他最后问了一句。

“在哪儿啊？”

“就是在月球上啊。”

“大概地球上的两天吧，差不多。”

“我想有差不多十天了。你难道不知道太阳已过顶点，很快就要向西落下了。四天后，也许还不到四天，应该就是月球的夜晚了。”

“但是我们只吃了一顿饭而已啊。”

“我知道。但是你看——星星还在那儿啊。”

“为什么我们在一颗更小的星球上，时间会有所不同呢？”

“我也不清楚，可的确是这样的啊！”

“那我们怎么能知道时间呢？”

“饥饿——疲劳——这些都会有所不同。什么都不同了。我们从飞行器里面出来到现在也只不过几个小时而已。最多就是这样了。”

“十天，”我说，“那——”我抬头看了看太阳，看见太阳已经在朝西边滑去。“四天！加富尔，我们不能在这儿坐以待毙了。你快想想我们该怎么办吧。”

我站了起来。“我们首先应该找一个能确定我们位置的点。我们要在那儿插一面旗子，或者是一个手绢什么的——然后，我们就当是驻扎在那儿，在那四周开始找。”

他从我身边站了起来。

“你说的对，”他说，“除了找到飞行器之外，我们别无选择。我们一定要找到，一定。如果找不到的话——”

“那我们就接着找。”

他这边看看，那边瞧瞧，往天上瞅瞅，又往隧道中瞥一眼。他极不耐烦的手势让我大为吃惊。“唉，我们真是笨到家了！想想我们都干了些什么事?！也许原本就不会这样的。”

“我们还是有办法的。”

“但我们已经做不了我们本可以做到的事了。在我们脚下的世界，想想那是怎样的一个世界，想一想我们看见过的机器，那个盖子，还有坑道！这些都只是在非常外围地方的一些东西而已。那些和我搏斗过的月球人只不过是一些住在偏远地区的乡巴佬，干体力活的。他们就和野兽是一样的。再下面一些，洞穴底下还有洞穴，有隧道，有别的地质结构以及通道——再往深处走，这空间会越来越开阔，越来越大，相应的，居民也越稠密。一直下去，便是流动在月球内核的海洋。想想他们的眼睛该有多需要光亮！再想想看，那些从沟渠支流汇入海洋的场面！潮涌潮落，波浪翻滚。也许海面上也有船只，有宏伟的城市和车水马龙，那里的住民的智慧也超越了人类。我们也许会死在这里，都不可能见得到这里真正的主人——统治这片天地的主人！然后他们也许会碰到我们已经僵硬又冰冷的尸体，也会找到我们一直找不见的飞行器。他们终将能够明白我们在这里的思想和努力都已完结，而这一切都将太晚。”

他的声音像是从电话里传出的声音一样，微弱而缥渺。

“可是这黑暗……”我说。

“我们应该可以克服。”

“怎么克服？”

“我也不知道，我怎么会知道。我们要么拿着火把，要么拿一盏灯。它们——它们应该能懂的。”

他站在那儿半晌，手低垂着，一脸绝望，呆呆地看着眼前这破败萧条的原野。接着，他又打了一个重振精神的手势，转身回来，跟我讲怎么制定一个系统的方案，找到飞行器。

“我们可以再回来。”我说。

他四下环顾了一番。“首要解决的问题是，我们要回到地球去。”

“我们可以带回来手提式的灯和攀爬用的钉子鞋，以及很多其他必备品。”

“嗯。”他答道。

“我们再回来的时候就要好好打一下金矿的主意了。”

他看了一眼我手里金质的撬棍，半晌没有说话。他就站在那儿，手背在身后，呆呆地注视着火山口。最终他叹了口气，开了腔：“是我发现了到这儿的路径。可是找到了路径并不意味着我是这种路径的主宰者。假如我带着这个秘密回到地球，那又怎么办？我不知道我怎么样能保守住这秘密一年或是几个月。迟早这秘密会被泄露，或者说别人也许也会找到这一条路径。然后呢——政府或是别的有实力的机构会卷入这场战争，他们会攻打月球人。这将会引发战争，而且战争会不断升级。用不了多长时间，这个星球应该到处遍布尸体，如果我泄露了这个秘密的话。别的事情当然不好说，但是有一点却是可以肯定的，似乎人类对月球来说毫无用处，那月球又对人类有什么用处呢？就算是我们地球，也早被我们人类弄成了一个无休止的庞大战场。人类的世界这么小，时间这么短暂，人一生要做的事情根本都无法做完。不！科学已经制造出各式的武器，让这些蠢货们去使用。科学也该就此打住了。那就让人类自己再去发现好了——再过一千年。”

“其实有方法可以保守秘密。”我说。

加富尔抬头看了看我，笑着说：“其实，我们有什么好担心的呢？我们找到飞行器的可能性极其渺茫，而且在地底下，月球人还在酝酿对付我们的办法。抱有希望就是人的一种本能，这就是我们到死还想着要回去。我们的麻烦才刚刚开始，我们已向月球人表露了我们的能耐，我们就像是从海德公园跑出来，并且吃了人的老虎一样。这消息会一层一层往下传去，一直到达中心地区。月球人不会傻到还会让我们再搭飞行器回到地球上去，他们已经忍无可忍。”

“我们待在这里，”我说，“也无济于事啊。”

我们并肩站着。

“其实，”加富尔说，“我们必须分开。我们要在这些较高的刺上系上一个手绢，并且固定结实，接着我们就以它为中心，在火山口周围找。你向西找，朝着日落的方向来回走半圈。走的时候记得保证你的影子投在你的右侧，直到你的影子与手绢的方向呈直角，再让你的影子投在你的左侧。我向东边走，和你一样的规则。我们不放过任何一个沟壕，每一块岩石。这样做是为了尽全力找回飞行器。如果看见月球人，我们尽量躲避，渴了就吃点雪，如果饿了，就杀一头月球兽，当然如果有可能的话，就吃些生肉，接着找。”

“那如果我俩谁要是找到了怎么办呢？”

“谁找到谁就回到白手绢的那个位置，然后站在边上，向对方示意。”

“那如果我们都找不到呢？”

加富尔看了看太阳：“我们就接着找吧，直到实在扛不住寒冷了再说。”

“月球人不会已经找到了飞行器，把它藏起来了吧？”

他耸了耸肩。

“又或者月球人很快就会来追杀我们？”

加富尔没有作答。

“你最好拿个棍子去吧。”我说。

他摇了摇头，看了我一眼，然后就把目光投向了那片荒芜之地。

有一阵子，他并没有动身。但略有些害羞地看了看我，迟疑了一下，说：“再见！”

我心里莫名地涌起一阵奇怪的刺痛感。我想到我们怎样互相讥讽，尤其是我怎样挖苦他。“真是的，”我心想，“我们原本可以做得更好！”我真想握握他的手——那是——那就是我当时最大的冲动。就在这时，他已一跃而起，朝北跳去。我看到他的脚步像树叶一样，飘起又落下。我定定地站在那儿看着他，心有不舍地向西跃去。我绷紧全身，就像要准备跳入冰冷的水中一样，选好一个起跳点，纵身向前跳了过去。我开始了一个人在这月球世界的探险。我先是极笨拙地落在一堆岩石中间，然后起身，环顾四周。接着，我爬上一块岩石，又准备起跳。

可是，当我回头再去找加富尔的时候，已经看不到他的踪影了。而那个手绢却依然挂在高处，烈日下晃着很醒目的白。

我心想无论碰到什么情况，手绢都不能离开我的视线。

第十九章

有那么一会儿，我感觉好像一直是独自一人在月球上一样。我非常用心地找了一会儿，但是因为实在太热了，稀薄的空气让人觉得像是胸口有根绳子在勒着一样。我慢慢走到了一处中间凹下去的盆地中间，四周全是棕色的植物丛。我只想坐在那儿，休息一会儿。我把手里拿着的棍子搁在一边，手托着下巴坐了下来。我看到了无生趣的岩石，地上的青苔干枯了，这些岩石的纹理都暴露了出来。周围的斑驳杂乱的植物丛中，能看见纹理呈褶皱状的金矿石。可是这又有何用呢？我身体上，精神上都感到无比的消沉。我一时间都觉得不太可能在这荒野间找到我们的飞行器了。如果不会有月球人出现，我想我大抵是没什么斗志了。然后我告诉自己应该遵循那些看似不合常理的原则，以保护和捍卫自己的生命。尽管这生命能维持的时间已不多，死亡也许来得很快，很痛苦。

我们究竟为何要来这个地方？

目前我自己也无从回答这个问题。是什么力量促使一个人要放弃幸福安定的生活，去颠沛流离，置身于危险或是冒着极大的死亡的风险去探索呢？我在月球上突然明白了一个其实我本该早都明白的道理。人并非只为了安逸、饱食和玩乐而活。几乎所有人，给他这样一个机会摆在面前，而不是去问他，那么，他大抵也会做出这样的选择。违背一个人个人兴趣、幸福的时候，他会不断地被驱使，做出一些极不符合常理的事情。有时也并非他自己强迫自己这样做，而是他必须这样做。但是为什么是这样呢？这是为什么？置身于月球上这样一堆无用的金矿之中，身处另外一个世界的事物之中，我开始思索自己的人生。如果我会死在月球上，那我根本无法看清我为之付出的目的何在。在这一点上，我一直不得其解。可是现在，我比任何时候都要清楚，我这一生并不是为了达到自己的目的，况且我也未曾达到过自己的目的。那我究竟活着是为了谁的什么目的呢？我不再考虑这些，而是开始思索更为深远的问题。我为什么生在地球？为什么之前有个人生活？我陷入深深的迷惘中……

我脑海里的念头越来越模糊，越来越不清晰，好像不是在考虑一个确切的问题了。我不再感觉到沉重或低落——真难以想象一个人能在月球上做出这样的事来——但是我想我也许是太累了，我就这样睡过去了。

我睡得很香，在我睡着的时候，太阳已西下，酷热也消退了。我被远处的一阵喧嚣吵醒的时候，觉得自己又精力充沛了。我揉了揉眼睛，舒展了一下四肢。随后，我站了起来——因为身体都有些僵了——我立马开始接着寻找飞行器。我把两根金棍扛在肩头——一边一根，然后就离开了这遍地黄金的地方。

太阳很低了，比以前更低了。空气凉快了很多，我一定是睡过去好长时间。我感觉到西边的悬崖边缘像是一层薄薄的蓝雾。我跳上一块岩石，向四周环视。我既没有看见月球兽和月球人，也没能看到加富尔。但我却看见了远处高高挂着的白手绢。我向四周又看了看，然后又跳到了前方一个更方便瞭望的地方。

我绕着半圆形向前行走，又以同样的方式返回。可是返回时的半圆更大了一些。这真是又累又让人绝望的找寻。空气又凉快了许多，而且我看两边悬崖投在地面上的影子越来越大了。我不时地停下来找寻，可是既看不见加富尔，也看不见月球人。我觉得月球兽好像又被赶到底下去了，因为我连一只都没有再看见。太阳已经渐渐隐没了，只剩下些许的边沿还留在远处的天际。我意识到月球人也许很快就要关闭盖子，将我关在这侵袭而来的黑暗里。所以我心想我们应该先放弃找飞行器，一起商讨一下该怎么办。我们应该赶快确定下来该走哪条线路。飞行器未能找到，我们也没有时间再找了。一旦那些阀门关上，我们却还没有进去，那我们就彻底没办法了。这宇宙的夜晚来临之后，巨大的黑暗会将我们吞噬，置我们于死地。我一想到这个，就浑身发抖。我们必须再次进入月球内部，虽然这意味着去送死。一想到在被冻死之前，用尽最后的力气去敲击阀门，心里就怕得要死。

我不再对找到飞行器抱有任何希望。我只想到怎样能找到加富尔。我宁肯根本找不到他，一个人进去，也不愿找到他的时候已经无能为力。我在去往有手绢标记处的半路上，突然——

我看到了我们的飞行器！

踏破铁鞋无觅处，得来全不费工夫。飞行器就在我要走过的地方更西一点的位置。落日的余晖照在飞行器的玻璃上，反射出耀眼的光芒。乍看上去，会以为那是月球人对付我们的新武器。回过神来，我才发现那是我们的飞行器。

我挥动着胳膊，鬼哭狼嚎般叫了一通，然后拔腿向飞行器跑去。我一步没踩好，掉到了一处深沟里，脚脖子扭了。在那之后，我走路一瘸一拐的。我也许是太激动了，浑身发抖，跑到飞行器跟前的时候上气不接下气。至少有三次，我不得不停下来，手叉在腰间休息一下。尽管空气稀薄又干燥，我脸上却依然出了很多汗。

我光想着飞行器了。直到走到跟前，我才想起来还没有找到加富尔。我最后一跳之后，重重地摔在飞行器的玻璃上，然后靠在飞行器上，喘着粗气大喊："加富尔，飞行器找到啦！"我的情绪平复了一些之后，透过玻璃往里窥视了一下，发现里面的物品杂乱不堪。我俯下身，贴近又往里看了看。随后我想设法进入到飞行器里面。我想了想，必须得把它转上去一点，以便让头能从出入口塞进去。螺丝制动器是放在里面的，我清楚地能看见，一切完好如初。物品的摆放还仍旧是我们跑到雪地时候的样子。一时间，我脑海里不断回忆并对照眼前的这一切，我发现自己颤抖得很厉害。能再看到这熟悉的黑暗的内里是多么让人高兴，这高兴真是无法言说。我很快就钻了进去，坐在了飞行器里的那一堆东西中间。透过玻璃，我看着外面的月球世界。我浑身还在发抖，把金撬棍靠在包裹上之后，开始四处搜罗，总算找到一些吃的。倒也不是我有多想吃，只是因为碰巧看见罢了。然后我想到我应该向加富尔发出信号，让他过来。但我却并没有那样去做，好像有什么事情让我不得不待在飞行器里面。

不管怎样，一切都好似回到了正常。而且我们似乎还有时间往飞行器里搬运那些金矿石。这种神奇的石头可以让人去统领另外一些人。这些金子，俯拾即是；而且飞行器里即便用一半的空间装上金子，也照样能和空着时一样的飞行。我们终于可以回去了，去做我们自己和我们世界的主人。然后——

我最终站了起来，努力从飞行器里钻了出来。我一到了外面便禁不住浑身发抖，夜晚的空气实在是变得太冷了。我站在那片洼地里向四周瞭望着。我仔细查看了四周的灌木丛，然后又跳起来，跳到了一块高高的岩石边上。这次跳跃几乎和我刚从飞行器里出来之后的那第一跳是一样的，可是现在我却毫不费力地跳到前面去了。

植物迅速地生长，又迅速地枯亡，这里岩石的面貌已经发生了很大的变化。我还记得那道斜坡，我记得当时看到种子怎么发芽；我也认出了那块大岩石，我们正是从那儿第一次领略到这个火山口的全貌。可是斜坡上那些原本长着尖刺的灌木丛现在已经枯死了，长出来的茎秆能有三十英尺高，在地上投下很长的影子，一直伸向很远的看不到边的地方。那些原本长满了幼芽的枝尖现在已经变成了黄褐色，完全成熟了的模样。到了这里的夜晚来临的时候，这些植物就好像完成了自己的使命一样，它们变得不堪一击。在这刺骨的寒冷里，随时都可能倒地。曾经看到过的巨大的仙人科植物，现在已经迸裂并四处播散着它的孢子。这是宇宙中多么令人惊异的一个角落——人类竟然就在这里降落了！

我曾想，我某日定会在此处洼地里立下一块碑。如果月表之下的那个喧嚣的世界能知晓这样一个时刻的意义，那么月球人该会乱作一团！

可我想月球人无法想到这该有多么重要的意义。如果他们知道这一点，他们定会疯狂地网罗我们，这火山口就不会有现在这般沉寂了。我四处看了看，想找一个地方给加富尔发出信号。我看到了加富尔一开始从我站的地方跳下去之后落地的那块岩石，还是光秃秃的模样，暴露在日光之中。我一时间有些迟疑，不敢离飞行器太远。但我心里却因为这迟疑而涌起一阵愧意，于是我向前跳去……

我站在高处，又一次看了看这火山口。在很远处投射着我影子的顶端处，我看到那方手绢在灌木丛的尖上飘着。手绢显得很小，又很远，而我却看不到加富尔的身影。我想这个时候他也许也在四处找我。这是我们之前就约定好的，可是现在，他却完全不见踪影。

我站在那里，把手遮在眼睛上观望，想着怎么能找到他。也许我在那儿站了很久。我想喊，却又想到这里空气稀薄，于是我有些迟疑地退回到飞行器那里。我心想要绑一条毯子在近旁树木的顶端，好让加富尔知道我的行踪，却害怕近处藏着的月球人会发现。于是，我决定在火山口附近再搜罗搜罗。

月球上那时空旷又寒冷。四周一片死寂！在月表下月球人发出的任何声响，都隐匿了！这死一般的沉寂！要不是微风吹过，我身旁的树丛微微有些抖动，周围真是听不到任何声音。风吹过来冷得刺骨。

好讨人厌的加富尔！

我深吸了一口气，把手放在嘴的两边，大喊道：“加富尔！”这声音听起来像是远处有个侏儒在喊叫一样。

我又看了看那方手绢，看了看我身后两边的悬崖投射过来的宽阔的影子。我用手遮住眼睛看了看太阳。我觉得几乎能够看见太阳正在天空向下沉落。

我意识到得马上行动，把加富尔救回来。我脱下身上的马甲，向我身后一丛已经枯死的有刺的灌木丛的上方投去，这样把它弄成了一个标记。随后，我纵身跳去，朝着放了手绢的位置。也许这距离该有几英里远——得跳几百步才能抵达。我前面讲过的，人在月球上跳跃会被怎样悬在空中。每次悬起来，我都在找加富尔，心想他怎么会不见了踪影。而且我每跳一次，都能感觉太阳又沉下去一点。每次触地，我都想着赶快能逃回到飞行器里去。

最后一跳，我来到了手绢下方的那片洼地里。我跨了一步，让自己站在一个较有利的位置，这样伸手就可以够得到手绢了。我直挺挺地站在那儿，扫视了我四周的一切，在被拉长的一条条影子间不停搜寻。远处又一道斜坡的下面，便是我们一开始逃脱的那个隧道口；我投下的影子一直向那边伸展，一直就这么伸展，并投向那个出口的位置，就像夜之手指一般。

还是看不到加富尔的任何踪影，在这死寂中也听不到一点声响，只有灌木丛在不断地晃动，这影子也在不断地伸展。我猛地哆嗦了一下。“加——”我试图叫他，但是很快意识到人声在这稀薄的空气里是多么无能为力。

沉寂。死一般的沉寂。

接着，我眼前像是看到了什么东西——那是一个很小的东西，就在离我约五十码开外的那道斜坡上的枯死的灌木丛里。会是什么呢？我其实已经知道了，但出于某种原因，我又不愿接受这个事实。

我走了过去，那是加富尔以前戴的那顶小棒球帽。我没有去捡，而是站着看了看。

然后我又看见周围的树枝明显被撕扯、踩踏过，散落一地。我又迟疑了一下，向前一步，把帽子捡了起来。

我手里捧着加富尔的帽子，站在那儿，看着这被踩踏过的杂草和荆棘。有些枝干上有黑色的东西，我没敢触碰。十几码外的地方，风吹起了什么东西，是又白又小的什么东西。

那是张被撕得皱皱巴巴的纸片，像是被使劲搓过一样。我捡起那张纸片，发现上面有红色的印记。我看到了上面淡淡的铅笔印。我把纸摊开，看见上面断断续续、歪歪扭扭的字迹。最后头还有一些弯弯曲曲的线条。

我仔细辨认着上面的字。

“我的膝盖受伤了，我觉得应该是膝盖骨伤到了，我现在跑不了，也爬不了。”这些字写得极清楚。

接着是一些较难辨认的字：“月球人把我追赶了一阵子，这是一个——时间——的问题。”“时间”二字像是被写下又涂掉了，改成了几个更难辨认的字。“在他们抓到我之前，他们在到处找我。”

接下来的字迹就显得非常凌乱不堪了。“我都能听见他们追上来的——声音。”我猜到了当时的情景。接下来是一行几乎辨认不出来的字迹。然后又有些能明白的话。“是一种完全不同的月球人，他们好像是统领——”到这儿，字迹又凌乱不清了。

“他们脑袋很大——是大很多，身子很瘦，腿短，声音很细，行动很有秩序——”

“尽管我受了伤，根本动不了，他们的到来却给了我希望——”这话像是加富尔说的，“他们没有向我射击，也并无这样的企图，我想——”

接着纸上出现了很多铅笔画的长线，在纸的背面和边缘处，都沾有血迹。

我站在那儿，手里拿着这无声无息的纸条，完全不知所措。一个异常轻柔却冰冷的东西落在我手上，然后又消失了。接着又是一个。那是一个小小的白点，从阴影里划过。这是一片雪花，是我在月球上看见的下落的第一片雪花。黑夜要来临了。

我吃惊地向上看了看，天几乎完全黑了，满天都是星星。我向东看了一看，这个已经枯萎的世界染上了淡淡的古铜色。而西边的太阳，已经像是被蒙上了一层厚厚的雾气，这雾气遮蔽了光和热，太阳已经在向火山口的边缘沉下去，慢慢地快要完全消失不见了。周围的灌木丛和高高低低的岩石现在都变成了错落斑驳的昏暗影子。在西边这巨大的黑暗之中，这雾气形成的巨大光环也在渐渐散去。冷风吹来，整个火山口都冷得让人打起寒战。突然，我身边有大片雪花落下，周围的世界变得一片昏暗。接下来，我听到一阵并不怎么响亮，也并不怎么清楚的声音，微弱得就像是垂死的呻吟声。这就是那钟鸣声！是迎接白天到来时才想起的那钟鸣声。“嘭……嘭……嘭……”

这声音在火山口四周回荡，好像是随着更大一些星球的颤动在颤动一样。血色的太阳露出的最后一个边儿也消逝了，这钟声又响了起来。“嘭……嘭……嘭……”

加富尔现在怎样了？钟响的时候，我木然地一动不动，直到钟声完全停止。

突然间，下面的隧道口像是眼睛一样突然闭上，完全消失了。

我此时完全是独自一人了。

在我的上方、周围、旁边，都是这永恒般的寂静。这看不到头的沉寂！在这沉寂中，一切光线，生命与存在都只不过是流星划过的暗淡又短暂的光辉。这寒冷，死寂又无边无际的黑暗就这样来临了。

没有什么能比此刻的孤独和绝望更让我难受。这种感觉将我整个人席卷，完全将我裹挟。

“不，”我喊道，“不！还没好！还没好！等等！等等啊！”我声嘶力竭地喊叫着。随后我扔掉了手里的那张皱皱巴巴的纸片，爬回到岩石上。弄清楚方向之后，我奋力向前跃去，跳到了我留下标记的地方。那个标记模糊又遥远，在一片阴影的边沿上。

我不停地往前跳跃，每一跳都好像要等待好久。

在我眼前，太阳边缘灰白色的蛇焰带部分不断地陷落，我还没有跳到飞行器跟前，这不断吞噬着的黑暗就已经完全将它包围了。我大概离飞行器还有两英里远，得要跳一百多步，四周的空气像是在空气泵中那样，变得越来越稀薄。我身体的每个关节都被这寒冷刺穿了。要是我死了，那一定是在跳的中途。在跳跃的时候，我经常因为踩到了雪而不得不缩短跳跃的步伐；我有一步没有看好，摔到灌木丛中，这些植物被我踩得粉碎，化成了尘土一样的粉末，消失不见了。还有一步我绊了一下，摔了下来，头朝下栽到了一条深沟里。我爬起来的时候，浑身都是瘀伤，流着血，分不清东南西北。

但是这些意外和在空中跃起后那可怕的悬留相比，真的算不了什么。我感觉自己的呼吸声非常的尖利，就像有刀在我的肺部狠扎一样。我的心仿佛是在脑袋里咚咚咚地跳。“我能返回吗？老天啊，我到底能不能返回？”

我浑身到处都很痛。

“躺下！”疼痛和绝望发出这样的唆使，“躺下！”

我越是想靠近，好像它离我越遥远。我已经麻木了。我踉踉跄跄地跑着，到处碰撞划伤，但并没有流血。

我终于看到飞行器了！

我完全摔倒在地，肺部很难受。

我向前爬行。霜凝结在我的嘴唇上，我的胡子也结满了冰碴儿。我在这刺骨的严寒中，浑身都披着白色。

飞行器离我还有几十码，我的视线开始变得模糊。“躺下！”内心的绝望又开始唆使，“躺下！”

我拼死顽抗着，然后爬到出入口的边上。我已经完全木然，半死不活了。周围到处都是雪。我爬了进去，那里还弥留着比较暖和的空气。

雪花——那些空气凝结而成的雪片——在我身边飞舞。我用冻僵了的手把阀门打开，然后又使劲将它拧紧，“我一定行的！”我几乎是抽泣着，牙齿打着战。然后我拧开遮光板的螺丝，被冻僵的手一直抖着。

我摸索着找到开关——因为之前我从未操纵过——我透过散发出蒸汽的玻璃可以模糊地看到落日的余晖，在暴风雪中跳动、闪烁。那些灌木丛黑色的枝干被积雪压弯，折断了。雪越下越大，越积越厚，背着光显得黑沉沉的。我要是操纵不了这开关该怎么办呢？

接着，我手里有什么东西咔嚓响了一声，几乎是一瞬间，月球上最后的景象就从我的眼前渐行渐远了。我在飞行器里，一片死一般的沉寂。

第二十章

我感觉自己好像被人杀了一样。事实上，我可以想象一个突然被暴力致死的人应该和我有同样的感受。我深感活着的痛苦与可怕；周围是黑暗的死寂，没有光，没有生命，也没有太阳、月亮和星星。一切都是空洞而虚无。尽管这一切都是咎由自取，尽管在加富尔的陪伴下，我早已体尝过这种滋味，我还是感到惊慌、茫然，不知所措。我感觉好像自己就一直这样被搁置在这巨大的黑暗之中一样。我的手指从螺丝的位置飘浮开来，我就那样悬在空中。像灵魂脱窍了一般。接着，我轻轻地碰在了行李包、金链子、金撬棍这些飘浮在球体半中央的物品上。

我真不知道这样的飘浮还要持续多久。在飞行器中，一个人有的地球时间概念比在月球上显得还要更无用。我碰到行李包时，感觉像是从没有醒过来的梦里被惊醒一样。我突然意识到我如果想要保持清醒，就必须找盏灯或是打开一扇窗。这样我的眼睛就能看见一些东西。除此之外，我还感觉非常冷。所以我踢开了行李包，借着脚蹬出去的力量靠在窗户边上，然后抓住了两层玻璃中间的一根细绳。我顺着这绳子爬到了出入口的边缘，弄清楚了控制灯光和遮光板的按钮，然后我又把自己推了出去，绕在行李包的四周，这时候我被飘浮在中间的一大团模糊不清的东西吓坏了。我赶忙抓住绳子，靠近按钮。我打开灯，才看清刚才差点和我撞上的东西其实是从存放的地方滑落的一份《洛依德新闻报》，飘浮在空中的白色物体原来就是它。这立刻让我有了一种感觉，从无边无际的地方又像回到了自己的归属地。我高兴地又笑又喘，之后我想到应该打开一个氧气筒，放些氧气出来。接着我又打开了取暖器，这样就慢慢暖和了，然后我又吃了些食物。这些都搞定之后，我开始细心琢磨加富里特遮光板的功用，并猜想飞行器是怎么飞行的。

我把第一个打开的遮光板迅速关闭了，有好一阵子就那么平躺着悬在半空，太阳光刺得我几乎睁不开眼睛。思考了片刻之后，我又去打开和这扇窗户呈直角的那几扇窗户。我把第一扇窗户打开，看到了窗外巨大的月牙形的月球和小小的新月状的地球。这是我第二次看到此番景象。我惊讶于我已离月球有这么遥远。我想我们离开地球大气层时应该不太会有什么距离的感觉，而月球在自转的时候，所产生的正切离心力也只是地球上的二十八分之一。我还希望自己只是悬在火山口的上方，只是在夜的边缘。但我看到的这一切只不过是天空中一道月牙形的白色轮廓。可是加富尔——

他现在也许已经变成了一粒尘埃。

我试图想象他会出了什么事。但是那个时候除了死亡，我想不到其他的可能性。我似乎像是看见了他一样，弓着身子，完全被击垮，被禁闭在一条奔流不息的大瀑布底下。他周围，那些愚昧的月球人盯着他。

在碰到了那些飘浮在半空的报纸之后，我很受鼓励，想法变得实际起来。我清楚，我现在能做的就是返回地球。但依现在的情况来看，我还依然飘浮在地球以外。无论加富尔的状况如何，就算他还活着，（当然我看到那张沾满了血迹的纸片后，我并不对此抱多大希望。）我也爱莫能助了，现在他应该依旧待在那个地方，无论是已经死了还是活着，他肯定在那片昏暗的夜色里，他也只能等到我返回地球再去救他。我该不该那样去做？我脑海里一直盘旋着这些事情；如果可能回到地球的话，我会深思熟虑之后再做决定。要么，我会和几个可靠的人讲有关飞行器的事情，和他们一起行动；要么，我会保守秘密，卖了金子，带上武器和其他装备，再带一个助手回到月球。在大家都有装备的前提下，和那些软弱的月球人搏斗，救出加富尔。如果这些都有可能办到，就要尽全力搜罗更多的黄金，这是为我们后面的行动奠定坚实的基础。但这些都是远景期望了，我现在要做的第一步就是先回到地球。

我非常用心地想怎样更好地安全着陆。当我为这个事情绞尽脑汁的时候，我只能暂时不去考虑我回去之后的计划。总之，我唯一的愿望就是回去。

我想来想去，觉得最好的办法还是尽量背对着月球落地，这样就可以有足够的速度。然后我得关上窗户，在月球后面飞行，这样的话，我飞过去打开向东的窗户的话，就可以加速向地球飞去了。但是我究竟能否用这样的方法回到地球，或者我根本都不会发现自己是否沿双曲线或抛物线，或是别的怎样的轨迹运行。我一无所知。

之后，我有了一个非常让我感到高兴的点子，要是打开那些对着月球方向的窗户，而月球的位置在天空中就是在地球前方，那样我就可以调整航向，向地球直接飞去了。我冥思苦想，不断地思考这些问题——因为我不是机械师——而且我觉得最终我之所以能顺利在地球着陆，绝非因为我的推理，而是运气好罢了。如果我当时知道了我现在才意识到的错误的话，即当时我的数学运算是有误的，那么我大抵就不会冒险去碰那些按钮。在反复思虑之后，我终于决定了最后要做什么：打开了所有向着月球的窗户，之后我蹲下身来——这下蹲的力量一时间让我又被悬在空中有几英尺高，我当时悬着的样子一定很奇怪。这样做的时候，我在等月牙形的月球越来越大，直到和月球的距离近到足够安全。接着，我又关闭了窗户，用飞行器从月球上获取的引力飞过月球——如果不撞在上面去的话——我就是飞向地球了。

我就是这么做的。

最终，我感觉到这种做法很合理。月球的景象在我眼前完全消失。现在想来，我当时的心绪竟能够那样的安然淡定。我就那样坐着，待在那个浩瀚宇宙中的一个飞行器中，等待返回地球。加热器使舱内的温度很暖和，氧气供给也使空气清新了。除了自己离开地球以来一直有的头痛以外，我觉得很舒服。我把灯又关掉了，因为担心最后会没了电；除了飞行器下方的地球和星星闪耀着的光芒以外，舱内一片漆黑。周围是一片悄无声息的寂静，我也许是在这片茫茫太空中的唯一生命。但很奇怪，我却没有丝毫的孤独和恐惧，就像是在地球上时，躺在床上那样。这对我来说真的很是奇怪，因为自从我被包围在月球火山口的那几个小时以来，那种彻骨的孤独便一直是一种折磨。

让我不可思议的是，我在月球上等待的这一段时光无法再找到人生中另外一段时间相对应。有时我觉得我像是一尊静坐莲瓣之上的神仙，已化作永恒；有时我又觉得，从月球飞往地球的这一段旅程只是极短暂的一个停顿而已。事实上，这段航程按地球时间算，应该有好几周。可我在这段时间已完全战胜了担心和忧虑，饥饿和恐惧。我就那样飘浮着，思绪开阔而自由，思考着我所经历过的这一切。我思考我的生命、人生的意义和生活中一些私密的事情。我感觉自己越变越大，已经完全失却了行动的意识，就这样飘浮在茫茫星河中。我开始感到地球的渺小和生命的卑微。我就这样思索着。

我不知道该如何述说我当时的心理状况，当然这些都直接或间接地和当时我所处的物质环境有着关系。我在这里只是把它们如实地记录下来，不去做任何的评判。说来当时我最大的一个困惑便是对自己是谁的问题感到非常的不解。可以这么说吧，我觉得我已经从加富尔身上剥离开来了；我把加富尔只看作是我偶然与之发生过关联的一个微不足道的事物罢了。我也在很多其他属性的动物身上看到了加富尔。我把加富尔联想成一个蠢蛋或是一头可怜的兽，在这样的情境下，我带着些许优越感，作为一个开心又强大的人去审视他。我不仅视他为一个蠢蛋，而且认为他们一家一定都是蠢蛋。我想到他的学生时代，他成年，他第一次恋爱，就像是一个人去想象沙子里面一只蚂蚁的活动一样——让我追悔不已的那段时间里的经历不断地在我脑海闪现，我怀疑我是否可以恢复到我早些年精力充沛、满足快乐的那个时期。但在那个时候，这一点丝毫没有让我痛苦，因为我心里有无比的自信心，因为事实上我在这太空中，既不是贝德福，也不是别的谁，而只不过是飘浮在这宁静空间里的一个会考虑的生物。我为什么要为贝德福的那些缺点烦忧呢？我和贝德福无关，也就无须为他的那些缺点负责。

一时间，我都在和这极其荒诞的幻觉做斗争。我试着回忆起一些充满活力，或温情或深情的画面来让我跳出这幻觉。我以为要是我能够回想起这曾有过的那些强烈的情绪，那么我越来越严重的幻觉会终止。但我却无法做到。我好像看见贝德福从常塞里大街跑出来，帽子扣在后脑勺上，衣服的燕尾飞了起来，他正在赶往考场的路上。我又好像看见他在人群中东撞西撞，还在和街上熙熙攘攘的人打着招呼，那是我吗？在同一个夜晚，我又看见，贝德福在一位女士的客厅里，他的帽子搁在桌子上，很脏的样子。他在哭泣。那是我吗？我看见他在动用各种方法和情绪和那位女士聊天——我自己从未感到，自己离那一切有那么遥远……我又看见他匆匆赶往林尼，准备写剧本，然后又和加富尔在闲聊。接下来我看到自己穿着衬衫和加富尔在建造飞行器，还因为惧怕来到月球独自去坎特伯雷闲逛！那是我吗？我很难相信。

我推断，所有这些幻觉都是因为孤独、失重和无抵抗能力。我让自己在舱内飘来飘去，两只手紧握着或拍打着，试图恢复以前的感觉。并且，我还弄开了灯，努力抓住那份已经被撕破的《洛依德新闻报》，开始读上面的广告。还是那几则关于待出售的自行车，有位富有的绅士和那位不得不出售自己“叉子和汤匙”的女士的广告。这些广告是确信无疑存在着的，我又对自己说：“这就是你的世界，你就是贝德福，你要回到的世界将和这些事物相伴。”但我内心的疑虑依然在辩驳：“谈这些东西的人不是你，是贝德福，你又不是贝德福，这就是一切谬误的所在。”

“妈的！”我骂道，“我不是贝德福，那我是谁？”

这个问题似乎无从解决，尽管还不断有怪诞的幻象涌入我的脑海……不知道你们能否明白，我有一种感觉，那就是我不仅身处这个世界以外，而且是和所有的世界隔绝，脱离了空间、时间，这个可怜的贝德福只是我窥探生活的一个小孔而已……

贝德福！不管我怎么否认我是他，我还是无法和他撇清关系。我知道无论我在何处，无论我做什么，我定会感受他的悲伤，乐他所乐，哀他所哀，直至生命结束。贝德福要是死了，那又——

这段极不寻常的经历就说到这儿了。我在这儿说这些只是想说明远离地球的时候，人的孤独感不仅影响到身体各个器官的功能和感受，而且会影响到人的思维，会有非常奇幻又不可思议的一些干扰。

在这浩瀚的太空之旅中，有大部分时间，我一直都悬在半空，思索那些虚无的事情。我就那样隔绝又木然地悬浮着，就像一朵星云飘浮在广袤宇宙的星空中。我脑海里闪现的不仅仅是我将要回去的地球，而且有月球人居住的那些蓝色洞穴，它们戴着头盔的脸，巨大而奇妙的机器，加富尔的下落。这些都是那样的无望，在我看来是那么虚无又微小的事情。

最后，我终于感觉到地球引力对我产生了作用，将我拉回到属于人类的真实的生活当中。然后，我愈发清楚地意识到我确定无疑就是贝德福。在这段奇幻的冒险之后又回到了我们的世界。我在这一路上也险些丢掉性命。我开始仔细琢磨我怎样才能跌落到地球上。

第二十一章

我飞行的路线几乎和地球表面平行了，我已经飞到了大气层的上方。飞行器的温度也立刻上升了。我知道，现在该立刻准备降落。透过昏暗的光线，我能看见我的下方是一片宽阔的海域。我打开了每一扇窗户，从白天坠入傍晚，从傍晚坠入黑夜。地球看起来越来越大，几吞没了所有的星星。星光照耀下的半透明的面纱不断蔓延，将我裹住。最后，我看到地球不再是一个突出的圆球了，它慢慢变平展，最后出现了一个凹面。它不再属于天际的一颗行星，它是人类的世界。除了一扇向东的窗户还留有一英寸左右的缝隙以外，我关上了其他所有的窗户。飞行器开始缓慢地降落。宽阔的水面现在离我很近，我可以看到波浪翻涌时的闪光。飞行器里面变得很热，我关上了最后一扇窗，眉头紧锁，咬着指关节，等待着陆……

飞行器在水面上激起了很大的浪花。撞击水面的刹那，我把遮光板全打开了。我不断地向下沉，越来越慢，越来越慢，然后我感觉飞行器向上抵住了我的脚，像一个气泡一样缓慢升了起来。最终，我又漂浮在了海面上，我的太空之旅就这样结束了。

是黑夜，四周一片漆黑。远方有两道黄色的光束，这证明附近有船只通过。稍近处是忽明忽暗的一束红光。要不是飞行器里面的电力已耗尽，我估计我当晚就可能被人打捞上来。尽管已经疲惫不堪，我还是有些激动。心里充满希望，而且焦急万分，希望这次旅行能很快结束。

最后，我不乱动了，就那样坐着，手抱着膝，盯着远处的红光，那光上下摆动摇晃着。我的激动劲儿过去了。我意识到我至少还得在这球体内待上一夜。我感觉自己身子很沉，很累。于是，我就睡过去了。

我的生理节奏像是发生了变化，我被惊醒了。透过折射镜，我看见自己落在了一大片海滩上。远处能看见房屋和树木，海天之间像是有艘船驶过，模糊又漂浮不定。

我站起来，踉跄了几步。我的愿望之一就是出来。出入口在上方，我拧了拧螺丝，慢慢打开了。最后，空气涌入了舱内，就像一开始空气被挤出去一样。可这次，我没有等到气压调整好。过了一小会儿，我的手感受到了玻璃的重量。我终于出来了，完全出来了，多么熟悉的地球的天空。

空气压力压得我很吃力，我喘着粗气。我随手丢下了螺栓，大喊了一通。随后我把手捂在胸口，坐了下来。那会儿我的确感觉很痛，然后我深吸了几口气。最后我能站起来了，开始四处走动。

我想把手伸出出入口，可是球体却开始滚动。好像我一伸出头就会有什么东西把我往下拽一样，我连忙缩了回去，要不然就得扎到水里去了。我又推又搡地折腾了半天，总算从飞行器里爬了出来，到了沙地上。我看到海浪一涨一落。

我并没有企图要站起来，像是浑身突然被灌了铅一样。地球引力作用于我了——再也没有加富里特物质的干扰了。我坐在那里，海水漫过我的双脚。

已是黎明时分，外面灰蒙蒙一片，但在这灰色之中又能看见一条条绿色。远处有船停在岸边，我看见朦胧的船的剪影和黄色的灯光。海水不断涌来，向岸边漫过去。在我右手边，有一片弧形的陆地延伸着，靠岸的一边有很多鹅卵石。我还看见一座灯塔，塔尖上带着航标。离岸较远的地方，有一片平坦的沙地，到处可见小池塘一样的浅洼。这片沙地一直延伸到约一英里以外的一片灌木丛。在东北方向，有一个废弃的戏水池，还有一排罕觅人迹的房子，这些在破晓时分的天幕下看起来极其单调，不知道是怎样的怪人建起了这么高大陡峭的建筑。这些房子看起来就像是荒芜的布莱顿弃城一样。

有很长时间，我只是坐在那儿，打着哈欠搓着脸。最后，我挣扎着站了起来。那感觉像是我在举一个什么重物一样。我最后终于站了起来。

我凝望着远处的房子。这是自在火山口时就感到饥饿以来，我头一回想到地球上的食物。“熏肉，”我嘴里嘟哝着，“鸡蛋，金黄的烤面包和香醇的咖啡。”我怎样才能把这些东西弄到林尼去呢？我很想知道自己究竟在什么地方。这儿绝对是一条东海岸，我在着陆前看到了欧洲。

我听见沙地上有嘎吱嘎吱的走路声，看见一个圆脸的，身穿法拉绒衣服的男子，非常友好地走过来。他肩上搭着浴巾，浴袍裹住了胳膊，我立马意识到这应该是在英格兰。他极其专注地看着我和飞行器。这人往前迈了几步，又盯着我看。我敢说，我肯定看起来像个凶恶的野人——又脏，又邋遢，简直无法用言语形容；但我当时没有想到这点。他在离我有二十码的地方停了下来。“你好吗，哥们儿？”他有些迟疑地打了声招呼。

“你好呀！”我说。

他上前一步，像是放心了一点。“那究竟是什么东西？”他问我。

“你能告诉我，我现在在哪儿吗？”我问道。

“这里是小石城，”他说，指着那些房子，“那里是邓吉尼斯！你是刚到的这儿？你那个东西是什么？是什么机器吗？”

“嗯。”

“你是漂过来的？你是翻船了还是怎么回事？那个东西究竟是什么？”

我迅速地想了想。他靠近我的时候我看清了这个男子的容貌。“老天啊！”他说，“你一定受了不少苦！我想——你该是在哪儿翻的船，那个玩意不是救生用的漂流艇吗？”

我决定按这个思路来编故事。我含糊地先是表示了同意。“我需要帮助，”我用嘶哑的声音说，“我想把有些东西拖到岸上，是一些不能丢掉的东西。”我注意到又有三个向沙滩这边走了过来，他们很讨人喜欢的样子，披着浴巾，身穿运动衫，头戴草帽。很显然，他们是到小石城来晨浴的。

“帮忙？！”我身旁的年轻人喊道，“好！”他好像略略有些兴奋。“你需要我们怎么做？”他转身过来跟我说话，那三个年轻人也加快了步伐，很快他们就围拢在了我身旁，你一句我一句地开始问一些我不想回答的问题。“我一会儿跟你们说吧，”我说，“我太累了，都快撑不住了。”

“快到旅馆去休息，”最后面的小个子说，“我们看着那边那个东西。”

我迟疑了一下。“不行，”我说，“那里面有两个大金棍。”

他们半信半疑地互相看了一眼，然后满脸疑惑地看着我。我走到飞行器旁边，俯身钻了进去，不一会儿，就把月球人的撬棒和那条断了的金链条摆在他们面前。如若我当时看起来不是像叫花子一样落魄，我定会嘲笑他们。他们的神情像是几只小猫看见了一只甲虫一样。他们全然不知该怎么办。那个胖胖的小个子俯身抬起金撬棍的一头，然后嘟囔着松开了手。他们都上前掂了掂分量。

“是铅，还是金？”一个问。

“是金吧！”另一个答。

“当然是金子。”又一个说。

然后，他们看了看我，然后又看了看泊在岸边的飞行器。

“我想知道！”一个小个子开腔了，“你哪儿弄来的？”

我实在太累了，撒个谎都难。“月球上。”

我注意到他们面面相觑。

“听着，”我说，“我不想解释什么。你们帮我把这些金疙瘩搬到旅馆去——我想，你们歇着搬，两个人搬一个应该不成问题。我自己拖着这个链条得了——我吃些东西再跟你们仔细讲。”

“那你那个大家伙怎么办？”

“放那儿没事，”我说，“不管怎么样吧——真是烦人！就搁那儿吧，潮水涨上来，它就会漂起来的。”

这几个年轻人带着巨大的好奇，乐颠颠地把我的这些宝贝扛在了肩上，我浑身像灌了铅一样，但我还是领着头，向远处那个写着“前海”的房屋走去。途中，我们遇到了两个胆怯的小女孩，手里拿着铲子，后来又碰到一个很瘦的男孩子，擤鼻涕时发出很大的声响。我记得这个小男孩推着自行车，他一直在我们的右侧跟着，走了能有差不多一百码远的路。然后，我想他好像看着没什么意思，就蹬上了自行车，朝搁着飞行器的那片平坦的沙地骑了过去。

我还回头看了看他。

“他不会动的。”壮壮的那个年轻人安慰我说。听了他安慰的话，我没那么担心了。

一开始，我记得看到的还是早晨的那种雾蒙蒙。不一会儿，太阳从地平线上的云层里升腾了起来，照亮了大地。铅灰色的海水顿时泛起金波。我一下就有了精神。我突然感觉自己所做的事情和即将要做的事情是多么的重要。走在最前面的那个小个子扛着金棍在走的时候，踉踉跄跄，我大声笑了起来。当我在这个世界上终于觅得一席之地的时候，这世界是多么的奇妙！

如果不是太过劳累，我想我一定会嘲笑小石城那个旅店老板的样子。他一边非常怀疑地打量着我的金子和那几个年轻人，一边又在打量肮脏又邋遢的我。最后，我终于又用到了地球上的浴室。有温水洗澡，也换了身衣服。衣服是那个友善的小个子借给我的，虽说小得有些可笑，但是却很干净。他还借给我一把剃须刀，我甚至下不了决心剃掉那已经遮满了脸的胡子。

我坐了下来，端上来的是英式早餐。我慢腾腾地吃着，完全没有食欲的样子——好像是因为上次吃东西是在几周前，食欲也退化了一样。我打起精神，回答着那四个年轻人的问题。我讲了实话。

“这个，”我说，“你们非逼我——金子就是从月球上弄来的。”

“月球？”

“是的，就是天上的月亮。”

“你这是什么意思？”

“这就是我说的意思，真是见鬼！”

“你是从月球上来的？”

“正是！是搭乘那个大球从太空来的。”我吃了满满一口香喷喷的鸡蛋。我心里暗暗思量，再要去月球的话，我一定要带一箱鸡蛋。

很显然，他们对我所说的都不相信，而且我被他们看成是一个还得毕恭毕敬对待的骗子。他们面面相觑，眼睛直直地盯着我。我想他们都想从我往鸡蛋上撒盐的样子中得到一星半点的线索。他们像是在其中发现了什么重大的线索一样。那些他们扛过的奇怪形状的金子充斥着他们的大脑。这些金子就摆在我面前，每一块都值好几千英镑，偷走这些金子就像偷走一座房子或一块地一样，根本不可能。当我端着咖啡杯，看着他们满脸好奇的时候，我才意识到，我要让他们理解我的话，估计还得做一大堆的解释。

“你的意思不是说——”最小的年轻人开腔了，他说话的口吻像是冲着一个顽皮的孩子一样。

“把那个吐司架递一下。”我把他搪塞开了。

“是这样，我的意思是，”另外一个说，“你说的这些我们不会相信的。”

“唔，这个——”我耸了耸肩。

“他不想告诉我们。”一个年轻人用夸张的口吻说道。接着，另一个年轻人有些漠然地说：“我抽根烟你不会介意吧？”

我摆了摆手，表示不介意，接着用我的早餐。剩下的有两个出去站在窗边往外看着，大声地说着什么。我突然有了一个主意。“潮水，”我问道，“潮水退了吧？”

没人吱声，大家迟疑着谁来回答我的问题。“马上应该退潮了。”胖胖的小个子说。

“嗯，反正，”我说，“反正它也漂不了多远。”

我剥了第三个鸡蛋，开始了一小段讲述。“你们看，”我说，“请不要想着我很乖戾，也不要以为我是在撒什么不着边际的谎。其实我是被迫才这样无理而神秘的。我完全能够理解这真的很奇怪，我能明白你们肯定会那么想。但我可以向你们保证的是，这将是非常值得纪念的一刻。但我不可能向你们解释清楚——那是不可能的。我用我的名誉向你们保证，我确实是从月球而来，这就是我能告诉你们的全部……同时我真的很感谢你们，非常感谢。真希望我的举止没有任何地方冒犯到你们。”

“不，不，没有！”最年轻的那个小伙子欢快地说，“我们能理解。”可是他却一直盯着我看，他把椅子一直用脚后跟推，直到快弄翻了，才用力又拉回来。“完全理解不了。”胖胖的那个说。“别猜了，别猜了！”他们都起身，四散开来，点上烟开始走动。他们极力地想表现友好却不关注的样子，像是对我和飞行器没有了一丁点的好奇心。“我去看一眼那边的那艘船。”我听见他们中有一个压低了声音说。如果他们都只是在逼自己留在这儿的话，我想他们可能都会跑出去，留下我一个的。我接着吃第三个蛋。

“天气，”胖胖的小个子突然开了腔，“天气太好了，是吧？我都记不得什么时候我们曾有过这么美好的夏日。”

“噗——嗤！”就像发射了一枚巨型火箭一样。

有个地方的玻璃好像被震碎了。

“这是怎么了？”我问。

“这该不是——”小个子边说，边跑向角落处的窗户。

其他人跟着跑到窗边，我坐着看着他们。

我赶忙起身，丢掉了手里的鸡蛋，也冲到了窗边。忽然，我想到了一件事。“什么也看不见啊。”小个子边说，边向门口跑去。

“是那个男孩！”我愤怒地嘶喊着，“是那个该死的男孩！”我转身，把服务生推开——他是来给我加面包的——我疯一样地冲出了房间，向旅馆前方那片奇怪的空地跑去。

方才还平静的海面，现在汹涌地翻腾着，原本停放飞行器的地方，周围的海水像船刚开动一样在翻滚着。天空中，一小团云彩像散开的烟雾一样打着转，沙滩上有三四个人正朝着那个发生意外的地方看去。够了！！行李搬运工，服务生和那四个身穿运动衫的年轻人都跟在我后面冲了上来。从门窗里都传出惊叫声，各种各样受惊的人都赶了过来——他们一个个目瞪口呆。

一时间，我站在那儿，被这事态的发展完全整蒙了，都没有去关注周围的人。

我先是被这场面吓呆了，没把这件事情和任何的灾难联系在一起——我只是像一个被突然的意外爆炸吓坏了的人一样。直到过了一会儿，我才意识到具体的损伤。

“天哪！”

我感觉像是谁从后背往下泼了一桶惊恐一样。我双腿发软，并明白了这样一个灾祸意味着什么。那个该死的孩子——就在天上！我完全被“落下”了。咖啡厅里的金子——那是我在地球上的唯一的财产。可那些金子岂能解决所有的问题，这个灾难会让一切陷入完全失控的混乱之中。

“我说，”一个小个子在我身后说道，“我说，你知道的。”

我转身，身后有二三十个人，他们都用无比质疑的眼光看着我，几乎能将我击垮了。我无法忍受这些人的眼光，于是开了腔。

“我不能！！”我喊道，“我告诉你们了我不能！这不公平！你们弄不懂的，你们这些该死的家伙！”

我像是痉挛了一样，在大声地比画着。他向后退了一步，好像我威胁到了他一样。随后我冲出人群，回到旅馆。冲进咖啡厅之后，我疯狂地按门铃。服务生进来的时候我一把抓住了他。“你听好了！”我冲他吼道，“过来帮忙，立刻把这些金子搬到我房间里。”

他没理解我的意思，我又对他破口大骂。一个面色惊慌、系着绿色围裙的小个子老人走了过来，然后又过来了两个身穿法兰绒衣服的年轻人。我冲进去，呵斥他们过来帮忙。金子搬到我房间后，我不再对他们大吼大叫。“滚出去，”我吼道，“你们如果不想看到我在你们眼前疯掉，就都给我滚出去！”有个服务生在门口迟疑了一下，我一把抓住他的肩膀，把他搡了出去。然后，我把门锁了，脱下那个小个子给我的衣服，左一件右一件的，扔了一地，然后我躺在了床上。我咒骂着，喘着粗气，过了很长时间才平复过来。

最后，我平静了下来，起床摁了门铃，叫那个眼睛圆鼓鼓的服务生拿过来一件法兰绒睡衣，一瓶苏打威士忌和雪茄。这些东西耽搁了很久才拿了进来，我摁了好几次门铃，然后又锁上房门，开始认认真真审视整件事情。

这样一个伟大实验最后的结果是完完全全的一个失败，几乎可以说是一败涂地，而我是整个实验唯一的幸存者。事情乱成一团糟，而这是最后的一场灾难了。我除了自救，别无他法，只有尽力从这场突如其来的灾祸中脱身。在这致命的最后一击中，我那些尚不太确定的关于返回和恢复的计划统统告以失败。我想重返月球的打算，想去掘金的梦想，最后拿到哪怕加富里特物质的一个碎片让人分析——揭露这个伟大秘密的愿望，也许最后还有想要找回加富尔尸体的想法，这些都统统毁于一旦了。

我想身处这样的危机，倒头睡去是最好的办法。我非常确定，要是不这么做，我要么会发疯，要么会闯下大祸，干出很蠢的事情。而现在我把所有的纷扰都锁在了门外，我躲在屋子里，可以淡定地做下一步的安排。

当然，我是很清楚那个男孩究竟是怎么了。他肯定是钻进了飞行器里面，胡乱摁了那些按钮，关闭了加富里特窗，然后飞行器就起飞了。他几乎不可能拧上出入口的螺丝，即便他真的拧上了，那他回来的概率也只有千分之一。很明显的是，他和飞行器里的行李包会因为重力原因悬浮在飞行器的中央，然后就不再受地球引力的束缚，但这对遥远太空中的居民来说是多么不可思议的一件事情。我很快就坚定了自己这样的推断。至于我该为这件事负的责任，我越想就越觉得保持沉默是少给自己惹事的最好办法。如果那个男孩子伤心欲绝的父母管我要他们的孩子，那我就反过来管他们要我的飞行器。要不然，就索性问他们这么问究竟是什么意思。一开始，我还会去想哭哭啼啼的父母，那些看守以及种种复杂又混乱的状况。但我现在只是想，只要我不走漏风声，那就什么事都不会有。而且，事实上，我在床上越是躺的时间长，边抽烟边思索，我就越是发觉自己这种刀枪不入的态度是多么的智慧。

只要未造成损伤和破坏，每一个英国公民都被赋予缄默的权利。他爱上哪里就可以上哪里，他愿意蓬头垢面、衣衫褴褛都随他的便，他愿意携带多少纯金那都是他的自由，谁都无权阻拦或扣押他。我重复了几遍上面这些其实是我自己定的，所谓自由大宪章中有关自由的规定。

如果我把这事先搁在一边，我就可以用相同的态度去考虑一些我过去从不敢考虑的事情了，也就是说，去考虑由我的破产所引起的种种状况。但当我现在再去平静而从容地看待这一切时，我知道只要我隐姓埋名，或化名成一个根本不怎么起眼的人，然后蓄着我一直未刮过的胡子，那么我就不会受到我曾提及的那些非常恶毒的债主逼债了。这些操作无疑没什么难度，但是我接下来该干什么呢？

我让人帮我拿来写信用的物品，然后写了封信给新索慕尼银行——服务生告诉我这家银行是离这儿最近的——然后我告诉银行经理我想要开个账户，然后让他派两个可靠的人过来，最好能搭乘一架华贵的马车过来，把我的那些重几百磅的金子拉走。我在信上署名“威尔士”，听起来是很体面很受景仰的一个名字。做完了这些，我又拿来一本福克斯通蓝皮书，从里面挑了家制衣店，请老板给我定做一套棕色的毛料西服。同时，我还要订购一只小旅行包，一只洗漱袋，一双棕色靴子，一件衬衫。还有若干顶帽子（要看哪顶合适），诸如此类。除此以外，我从一个钟表商那里订购了一块手表。这些信发出去以后，我点了旅馆最贵的午餐，躺在那里抽着雪茄，尽量显得悠闲、平常。后来，按我的要求，两个银行职员过来称了金子的分量，并将它们拉走。这之后，我用衣服蒙住耳朵，好让自己不去听敲门的声音，然后我就很舒服地睡了过去。

我睡着了。毫无疑问，对于刚从月球返回的人来说，睡觉是很显平淡的一件事情，我可以预计，年轻并富有想象力的读者会觉得这样的行为不免有些扫兴。但是我真是困极了，也烦透顶了。真是该死！那还该干什么呢？别人大概也不太可能相信我，如果我在那个时候就把我的经历一五一十地公之于众，那别人只会觉得我可恶得无法容忍。我睡着了。当我醒来时，我已决定面对这个世界，就好像我自懂事起就已习惯这样。这就是我选择离开，去了意大利，写了这篇故事的原因。如果大家不选择相信此事，就认为它是虚构的好了，这并非我所关心的事情。

现在这个故事已经结束，我都有些惊讶，这次历险就这么收场了。没有谁会认为加富尔是位多高明的科学家，他炸毁了自己在林尼的房屋，把自己送上了太空。其他人会觉得，我抵达小石城之后所发生的那声巨响应该和离小石城两英里以外的里德政府办公大楼的爆炸有所牵连。我现在还得坦白的一点是，我和那名叫汤米·西蒙斯的少年的失踪无半点瓜葛。而关于我衣衫褴褛，携带两根金棍出现在小石城的海滩这件事，他们会有各种各样的猜测——但对我而言，他们怎么看我根本不重要。他们只会认为我所讲述的只是随便杜撰而来的一堆胡言乱语，我只不过是为了逃避被追问那些金子的来源。我倒真的想看看还有谁能够编出一个一样的故事来。那就当这是完完全全虚构的故事来读——就这样。

故事已经讲完了——现在我想要再说说在地球上的烦恼了。到过月球又怎么样，人还是一样得赚钱糊口。因此，我现在住在阿玛尔福，依旧在赶剧本。加富尔闯入我的世界之前我就在草拟这个剧本了。而且我想努力回到以前的生活当中，就像我从未认识他一样。必须得承认的一点是，我的心思已很难集中在剧本上，尤其是有月亮的夜晚。现在正是满月，而昨晚我走出房间，在藤架下站着，一直凝望着那个发亮的星体，它隐藏着多少的秘密！想想看，桌子，椅子，支架，棍子，全都是金子做的！真是该死——如果还有谁能发明出加富里特物质该有多好！可是这种事情，一生恐怕也只有一次机会碰到。我现在的生活要比在林尼时宽裕多了，也仅仅是如此而已。加富尔呢，也许已经自杀了，或许他选择死亡的方式比任何人类所有过的方式都更加微妙。所以这个故事，就像一场梦一样，就这样圆满地结束了。这经历和生活中任何别的事情都无交汇之处，而且这段旅程里的经历离人类的经验很遥远。那些跳跃、进食和失重的体验都宛若一场梦，尽管明摆着的事实是我从月球上带回了金子。

第二十二章

当我在小石城写完这些的时候，我写下了“完”字，并用花体签下了名，把笔搁在一边。我以为这个有关登月人的故事就可以完结了。而且我不仅这么做了，同时我把手稿交予了一个出版经纪人，许可他可以将文稿出售，这些故事大部分的章节都已经出现在了《海滨杂志》上。这时，我准备接着写我在林尼就已开始写作，但还未完成的那本剧作。就在这个时候，我收到了一封让我极为吃惊的来信。这封信一路从阿玛尔福追踪我到阿尔吉斯（大概六周前就已经到了），现在我才收到。信中大概的意思是说，一个名叫裘力斯·温迪奇的荷兰电力学家，一直在用和美国的特斯拉先生一样的设备进行实验，他们的目的是找到能和火星进行通讯的方法。他们的设备天天都会收到从月球上的加富尔先生发出的极其古怪的、支离破碎的英文电文信息。

起初，我以为这是哪个看过我叙述手稿的人和我搞的一个精心策划的恶作剧。我用戏谑的口吻给他回了封信，但是温迪奇先生给我的回复完全打消了我先前的猜测。因此，我在极其兴奋的心绪中，一路从阿尔吉斯赶往罗萨山——因为他们的天文台就设在那里。看到他的那些记录和设备，以及最重要的是，拿到了加富尔发过来的电文——我之前的顾虑全都打消了。我立即做出决定，采纳了他的意见，留在了天文台，协助他记录每天的信息，并和他一道想办法给月球传送信息过去。这样一来，我们就知道了加富尔不仅活着，而且有行动自由，和那些我们无法想象的蚂蚁一样的生物居住在一起，他们住在月球泛着蓝光的那些黑暗洞穴里。他腿瘸了，但是健康状况良好——应该说比他在地球时的状况要好，他在电文中明确有这样的提及。他曾发过烧，但并无什么大碍。可是很奇怪的一点是，他想当然地认为我肯定死了，不是在火山口附近丧了命，就是已经迷失在了茫茫太空之中。

温迪奇先生在从事一项特别研究的时候，开始收到了加富尔传过来的电文。读者朋友肯定还记得二十世纪初的时候人类所获知的那个让人激动万分的消息。美国电流学界名流尼古拉·特斯拉宣布人类接收到一份来自火星的讯号。这则消息将人们的注意力带回到了之前科学界人士早已熟悉的一个事实，那就是：一种在马可尼无线电报中使用过的完全一样的电磁波干扰，已在不断地给地球发送信号。除特斯拉先生以外，也有另外一些观测者一直在致力于研究怎样完善发送和接收这些振动波的仪器，尽管他们中很少有人想过这些信息是否由某种外星生物传送而来。在这些研究者当中，温迪奇先生当然算是一个。自1898年开始，他就一直致力于这方面的研究。因为他门道很广，所以他得以在罗萨山上建起一座天文台，这座天文台适合做任何的天文观测。

虽然我必须承认，我的科学造诣实在太浅。但按我的知识判断，温迪奇先生这个探测记录太空中干扰波的装置确实很独特，甚为奇妙。很让人开心的一个巧合是，就在加富尔第一次尝试着和地球取得联系之时，他们在两个月前刚刚调试安装好设备。这样，我们就收到了自他一开始传送信息时所发出的所有电文的片段。可糟糕的是，这些信息全都断断续续的，在他传送过来的所有信息里，也许最最重要的就是他要告诉人类的关于再造加富里特物质的说明，如果他的确传送过这样的信息的话。可是这样的信息大概是消失在了太空中，没有被我们接收到。我们没能成功地给加富尔发过去哪怕一条回复的电讯。他也不会知道我们是否已收到或是错过了他的电文。或者，他根本就不会知道地球上有人在关注他为联络地球所做出的努力。加富尔连续发过来了十八份电文，里头讲述了他对月球事物的描述——如果我们接收完全的话——这些电文都表明了他自两年前离开地球以后对地球的牵挂。

你们可以想象，当温迪奇先生目睹自己的电磁波干扰波记录仪收到加富尔用非常清晰的英语发出的电文振动的时候，他会有多么的惊讶。温迪奇当然完全对我们疯狂的月球之旅不知情，突然——从太空中发来了英文编写的电讯。

读者们应该可以想想加富尔发送电报时的情境。在月表下的某个地方，加富尔有时间找到一些相当数量的电子设备，然后他把这些设备拼装起来——也许这些都是偷偷进行的——他装配出一台和马可尼款类似的设备。就这样，他会不定时地去操作那些设备，有时半个多小时，有时一连三四个小时。在这样的时机，他都会发信息给地球，并未在意月球不同的相对位置和不断变化中的地球表面上的接收点，再加上我们的记录设备本身有缺陷，他跟我们的通讯就这样时断时续。所以他发送信息的内容经常模糊不清，甚至会慢慢消失，直至全都没有了踪影。更糟的是，他并不是专业的发报员，他有可能会忘记，或者根本就不精通电报代码的使用规则。而且，他在疲倦的状态下，有时会漏打字，或者有非常匪夷所思的误拼。

我们总共应该错过了他发过来的一半的电文，而真正接收到的也支离破碎，含糊不清。所以，我接下来收录的摘要大家一定要有心理准备，里面做了大量的修正加富尔中断、漏打或者突然转变话题之类的弥补工作。我和温迪奇先生，正在合编一本记录加富尔电文的完整的，并且有注解的文本。我们希望这个记录明年能出版发行。这里面将有对我们所使用仪器的具体介绍，大概会在明年一月发行第一卷。那将会是一份完整而科学的报告，而第一卷只不过会是第一个畅销的出版文本。讲到这里，我想我已经讲了足够多，这个故事该结束了，我也讲到了那个离我们很近，很相似，却又完全不同的另一个世界的景象。

第二十三章

加富尔发过来的较早的两份电文被保存在较厚的那卷书里。这两份电文简要地说明了几处细节上的极有意思的差别，但并不怎么重要。这包括飞行器的建造以及如何离开地球这些事情。在整条信息里面，加富尔是把我按一个“死者”的身份来叙述的。但他的口吻在提及我们登陆月球时发出了挺奇怪的转变。他说到我的时候，用的是“可怜的贝德福”或是“这个可怜的年轻人”这样的字眼。他非常自责自己蛊惑了一个“完全没有准备好的年轻人”，唆使他离开“他原本可以大有作为的星球”去完成这样一个生死难料的使命。我想他显然是低估了我把飞行器从理论变成现实这当中所付出的精力与实际的工作能力。“我们抵达了。”他只是这样轻描淡写的一句，没有多余的描述我们太空经历的只言片语，就好像我们只是一次普通的坐火车旅行一样。

他接下来的叙述对我越来越显不公。对一个受过教育，相信要寻求真理的人来说，简直无法容忍。回顾我之前所做的论述，我以为我对他的姿态要远比他对待我的方式更加公正。我并无什么偏袒，而他却是这么记述的——

“很快，我们周围的环境变得越发的陌生了——完全的失重状态；空气稀薄但含氧量高；稍用力就会有极夸张的动作，奇异的植物迅速从孢子长成枝叶状，苍白的天空——我的伙伴非常的兴奋。在月球上，他的脾气越来越糟。他变得冲动，粗鲁并且好斗。他傻乎乎地误吃了一株很大的菌状植物，中毒了。这直接导致我们被月球人掳走——我们甚至都没有机会看清它们怎么抓走的我们……”

（按他的说法，你们可以看到，他不承认自己动过那些“菌状植物”。）

他接着说：“我们跟着月球人走入一个非常难走的通道，贝德福弄错了它们的手势——真是好灵巧的手势——最后只能引发一场暴力冲突。他乱砍乱杀，杀死了三个，我只能在他干了这些之后跟他逃离。后来，我们又和几个企图堵住我们去路的月球人打了起来，杀掉了七八个。当我又一次被逮着的时候，月球人并未立即杀掉我，这足以说明这些月球人很大度。我们朝洞口的方向走去，而且在抵达时的火山口的位置分开行动，是为了多一些找回飞行器的概率。但是过了一会儿，我又碰到了一群月球人，最前面带队的两个在外形上和我们到那个时候为止见过的都非常不同。他们头更大，身子更小，包裹得更精细。我躲避着他们，却不小心掉进了一处岩缝里，头刺破了，膝盖骨脱臼。我爬的时候感觉疼痛难忍，只好决定向他们投降——如果他们还准许我投降的话。他们最终接受了我的投降，而且见我孤立无援，他们把我扛入了月球的洞穴里。而我再也没有听到或是见到贝德福。据我所知，任何月球人也没有听到或见到他。

或许，贝德福被冻死在了火山口，要么，他有可能已找到飞行器，偷偷地在我之前飞离月球——只是，我担心，他怕是不会操控，飞行器可能在太空只能无止尽地停留。”

我被描述成了这样，而加富尔转向叙述一些更为有意思的话题。我作为整个故事的转述者，不想为了自己的利益去扭曲整个故事，但我必须指出的是，我很反感他叙述这些经历时采用的方法。他对那张沾了血迹的纸条只字不谈，而那张纸条上讲述的，或是企图要讲述的可完全是另外一种状况。我坚持认为的一点是，自从他在和月球人的相处中感受到安全之后，那种极显自尊的自首就变成了整个事件当中一个全新的说法了。而至于“偷偷地在我之前”这样一种说法，我想让你们读者决定究竟更应该是怎样的一种情形。我知道我并非模范，我也不曾假装自己是模范。可是，我果真是他所讲的那样吗?

然而，这只是加富尔对我有偏差的讲述的一个总结。从这之后，我转述加富尔的故事就无须再多顾虑了，因为他不再提及我。

似乎那些碰到他的月球人把他带入了月球内部一个很大的井洞，而这些月球人是用一个“气球一样的东西”带他下去的。我们从他发过来的相当凌乱的信息中整理出了他提到了这件事情的一些蛛丝马迹。从这些线索以及后来的电文中，我们可以推断:“很大的井洞”是一个庞大的人造井洞系统中的一个，这个庞大系统中每一个井洞都从“火山口”向下延伸了有一百英里，几乎抵达了月球的中心地带。这些井洞经由竖向的隧道连接起来，然后形成很多深渊一样的大洞穴，扩展成一个巨大的球形区域。整个月球从月表向内延伸大概一百英里，全是这样的海绵状岩石物质。加富尔说："很可能，这种海绵状结构是自然形成的，但在很大程度上，这种结构是由于月球人不断的辛劳造就的。地球上的天文学家误以为这是火山，其实这只是隧道洞口挖出的岩石和土形成的巨大的像圆圈一样的堆积物。"

月球人就这样带着加富尔一直往下走，按他的讲法，是坐在"某种气球里"，他们先是带他来到了一个漆黑一片的地方。加富尔的电文显示，他作为一个科学家，竟然对一些细节置之不理，这让人很费解。但是我们推断，这些光亮是那些沟渠和瀑布发出的光——"其中无疑是有含磷的有机物。这些溪流一直向下流去，流到中央海洋。"他还记述道，在他往下走的时候，"月球人身上也变得有了光亮"。最终，在下方很远的地方，他看见"一片燃烧着火一样的湖面，可并没有什么热度"，"这就是中央海洋的水域，闪动着，并泛着极不寻常的漩涡"，"就像一锅即将被煮开的蓝色牛奶一样，闪着光亮"。

"月球上的海洋，"加富尔在后面的电文中提到，"并不是平静的海水，日光潮的力量使得水流永不停歇地绕着月球轴心流动。汹涌翻滚着的波浪从海里升起，吹过阵阵凉风，带来震耳欲聋般的声响，这声音一直传到上方那些月球人忙碌着的每一个通道里。海水只有在动的时候，才发出光亮。在偶尔极少见的平复期，海水一片漆黑。通常状况下，水面时常泛着波浪，跌宕起伏，像是裹挟了油一样。在这缓慢流淌、微微泛光的洋流中，有大浪翻滚，有泡沫漂浮。月球人在这些遍布着洞穴的海峡与咸水湖间航行，乘着独木舟一样的浅底船。甚至在我进入这些通道之前，我就被准许在这片水域做短暂的游历。

“洞穴和通道纵横交叉。这些通道中绝大部分只有那些捕鱼者中非常有经验的领航员才熟悉。月球人自己也经常在这迷宫般的水域迷失方向。他们告诉我，在更偏僻的洞穴里，隐藏着很多奇怪的生物，其中有些极其恐怖和危险，月球人现有的技术想要消灭它们，还非常有难度。尤其是一种被称为‘拉法’的怪兽，长着一堆繁复的触角。倘若这触角被砍掉，它们很快就会又长出来；还有一种被称为‘麒’的怪兽，它攻击的速度简直令人难以置信，杀伤的方法极其玄妙而迅速。”

他这些讲述不乏精彩之处。

“这次游历让我想起了我曾读过的关于猛犸洞穴的故事；如果我手里拿着的火炬是黄色的，而不是泛着蓝光。如果我看到的是一个健壮的船夫划着桨，而不是一个脸像煤斗一样的月球人，那我肯定会觉得自己像是恍然回到了地球一样。我们周围的岩石变化无常，有时候是黑色的，有时是淡蓝色的，并且有清楚的纹理。这些岩石闪着光，我们就像是来到了一座蓝宝石矿。下方可以看到像幽灵一样闪着磷光的鱼儿，迅速地消失在了泛着荧光的幽深海水里。有时，能在水流涌动的时候，看见水面以下很深的地方都是一片暗蓝色；有时能看到水面上似乎有栈桥；有时不经意抬头一瞥，可以看到头顶上方非常拥挤的井洞里，有很多竖向的通道。

“在一个满是钟乳石闪着光亮的地方，有几条捕鱼的船。我们的船和这些船队中的一只并排向前划去，随后就看见长臂的月球渔民在收网。这些月球人个头很小，驼着背，手臂极长，腿短而且呈外八字，脸上戴着皱巴巴的面具。他们拉网的时候，那渔网像是我在月球上见过的最沉的东西一样；网上绑着很重的东西——毫无疑问应该是金子——他们花了很长时间才拽上来，因为在这片水域中，较大的能食用的鱼通常都隐藏在海水深处。网中的鱼像一轮蓝色的月亮一样升了起来——发出炫目的闪烁不定的光。

“在他们所捕获的东西里面，其中有一只长满了触角，眼神极其凶残的东西，它在网中挣扎着。这些捕鱼的月球人看到这个东西之后，就开始叽叽喳喳地议论起来，然后他们就一拥而上，慌了阵脚一样地一齐把这东西用小斧砍成块儿。被砍断的肢体还在翻滚扭曲。之后，有一次我发烧，我还不断地梦见这种邪恶的生物从一片未知的海域中跃出。这是迄今为止我在月球内部的这个世界所看到的最为凶残的东西。

“海面距月表的距离差不多会有将近两百英里（至少）；我得知月球上所有的城市都坐落在中央海洋以上，被建造在那些洞穴空间和人工通道里，前面我都有一一描述过。他们和外界的沟通是通过那些竖向的井洞来实现的。这些井洞都通向被地球上的天文学家称之为‘火山口’的地方。我在被他们抓到之前到处游荡的时候，就曾看到过那种盖住井洞的大盖子。

“由于不怎么了解情况，我还没去过月球上更远一些的地方。这里有一个大的洞穴系统，这些洞穴是月球兽夜晚休息的地方，还有一些屠宰场这样的地方——我和贝德福曾在这样的一个屠宰场和月球人屠夫打斗过——我也曾看到装满了肉的气球从上方的黑暗中降下来。当然，我对这些事情的了解，也许还比不得一个初到伦敦的祖鲁人对英国粮食供应的了解。很显然，这些竖井以及月表上的植物都对保证月球内部的通风以及空气清新有至关重要的作用。记得有一阵子，那还是我被关起来之后头一回被放出来，我感觉井洞内吹过很冷的风。后来，我发烧的时候，我又感到有同样的西洛可风向上吹去。所以，被关了三周以后，我不明原因地发烧了。尽管我睡得够好，也吃下了当时侥幸随身揣在兜里的奎宁片，我还是一病不起，并且感到极其烦躁。一直到被带去见这月球世界的统领者——月球帝的时候，我还是虚弱不堪。"

"我不想描述我当时的悲惨状况，"他记述道，"在我生病的那段时间，"他接着开始详细地叙述那些我省略掉的一些细节，"我的体温，"他接着讲，"已经持续偏高有很长时间了，我没有食欲。并且在偶尔清醒过来的时候，意识非常迟钝，噩梦不断。我记得有一阵子我因为太想回到地球，身体虚弱到了极点，开始歇斯底里。我是那么渴望能看到一种别的颜色，能打破这一成不变的蓝。"

他接着又提及了以前提到过的充斥着月球大气层的海绵结构，我从天文学家和物理学家那里得来的知识是，加富尔所描述的状况和他们所掌握的月球环境完全相同。地球上的天文学家要是有勇气和想象力做出过更大胆归纳的话，那么，按温迪奇先生的说法，他们也许就可能早已预知了加富尔所说的月球的大致轮廓了。他们都很明确地知道，月球和地球都不是卫星，主要是因为，这两个星球是一大一小姊妹俩，它们是由同样的物质组成，而且，因为月球密度只有地球密度的五分之三。这是因为月球的内部有巨大的洞穴系统而造成的。除此之外，没有什么别的可能性。皇家学会会员约布慈·弗莱普爵士说，没有必要去月球上发现这些本可以简单推断就可完成的结论——月球的结构就像格鲁耶尔奶酪一般，这样做确实有些滑稽可笑。可是他的确应该是早前就宣布过月球内部是中空的，如果月球确是中空的，那么月表上没有空气和水的事实就很容易理解了。月球的海洋在洞穴的内部，空气在这些海绵状的通道里流通，这符合物理学最基本的法则。月球上的洞穴，总的来说呢，是能够通风的地方。当太阳光照射到月球一侧的时候，那么这一侧这些洞穴外部的空气就变热了，气压也相应增大。有一部分空气会吸到外部，和火山口蒸发出来的空气混合在一起（这时火山口的植物都不含碳酸类物质）。与此同时，绝大部分空气在通道内流动，替代了未被太阳照射到一侧的洞穴中收缩了的空气。因此，在外层的通道里，经常会有持续向东吹拂的空气。在白天，还经常会有一股向上运动的气流向井洞外流动。当然了，风向会因为通道的形状而发生变化，这都是月球人极其巧妙的创造……

第二十四章

加富尔的电文从第六份到第十六份都凌乱不堪，有相当多的内容都是重复，而且完全不能连贯。当然，在科学报告里，电文应该全部如实公布。但在小说中，像在上一章中那样概括并引用，其实更便于叙述。我们对加富尔发过来的信息字斟句酌，我自己在月球上的记忆和印象当然也对解读他的电文有不可估量的价值。要不然，他发过来的有些东西对我们来说就完全是两眼一抹黑了。当然，很自然而然的一点是，作为人类，我们的兴趣会大部分集中在这些月球人所组成的社会上，而非这个世界的物质状况。

我前面已经清楚地讲述过，我所看到的月球人其实和人类有很相似的地方。他们直立行走，有四肢。我也把他们的头部、四肢、关节和昆虫做过比较。我也提到过，月球上较小的引力带来的一个显著的结果就是：月球人的体质是易碎而柔弱的。加富尔也证实了这一点。他把他们称作“动物”，尽管他们无法被划分到地球生物的任何一个种群里面。他也指出，人类值得庆幸的是，如果从解剖学的观点看，这些昆虫一样的外星人只能和地球上相对较小的动物相比较。“地球上最大的昆虫，无论是现存的还是已经灭绝的，最长也不过六英寸。但在这里，因为月球引力较小，这些既像昆虫又像脊椎动物的生物，好像已经可以做到人类能做的事情，甚至超过人类能力范围的事情了。”

加富尔并没有提及那些“蚂蚁”，但是在他的叙述中，我脑海中浮现出那些“蚂蚁”的身影。他们日夜兼程地活动。他们独特的智慧和社会结构，他们在两性以外还有其他种类，这在其他动物种群间时有发现。有很多没有性别的生物，充当着工人、卫兵这样的角色。这些“昆虫”在结构、性格、力气和功能上都有所区别，虽说他们都属于一个物种。对这些月球人而言，他们也形态各异。当然，他们不仅仅在体型上要比“月球蚂蚁”大很多，而且，至少在加富尔看来，他们在智力、道德和社会智慧方面都比人类更胜一筹。我试图指出来我碰巧在月表见到的那些月球人非常有别于这些月球人的地方；依我看来，他们在体格、身体比例上的区别就和人类种族中距离非常遥远的族群间的差别一样。但是我所察觉到的这些差别和加富尔的记述相比，又显得一无是处。我看到的在月表上的月球人，似乎都在从事一种职业——放牧月球兽，屠宰，割肉，诸如此类的工作。但在月球内部，我未曾察觉的是，会有很多不同种类的月球人，他们大小各异，甚至是各部分的相对大小都有不同，他们力量和外貌特征都不尽相同。但是，他们又不属于不同物种，只是同一物种的不同类别罢了。他们在这千差万别当中，始终会有一些共通之处，这构成了他们所在族群的特征。月球就像个大蚁穴，不是仅仅有四五种“蚂蚁”那么简单。月球人的种类多达几百种，在一种和另一种之间都有等级差别。

加富尔像是很快就发现了新情况。我倒是未能从他的记述中明确读到，而是推断出，他是被那些放牧月球兽的月球人俘获了。而这些放牧者又听从于那些有着巨大脑袋的腿很短的月球人。这些月球人发现他拄着刺棒都无法行走，就把他抬到了黑暗处，穿过一座极窄的像木板铺的那样的桥。也许这座桥就是我曾经不想过去的那个桥。之后，月球人把他放在一个乍一看是一个升降梯一样的地方。这应该就是“气球”——在黑暗中当然看不清这是气球——而且我觉得那段木板铺就的栈道，无疑就是出口。就这样，加富尔到达了月球内部更深也更亮的地方。起初，他们是悄悄地下行——除了月球人叽叽喳喳的声音以外，没有别的声音——然后他们遇到风，摇晃了几下。一会儿的工夫，加富尔的眼睛对这巨大的黑暗中的东西变得敏感，他看见了越来越多的东西。最终，加富尔模糊地看见了一个东西……

“想想看，那是一个巨大的圆筒状空间，”加富尔在第七份电文里说，“也许有四分之一英里那么宽；一开始光线很暗，慢慢越来越亮。这里面有一个大平台，沿边缘部分呈螺旋状向下延伸，最后消失在下方的深蓝色中。光线越来越亮——说不清楚这是怎么回事或是为什么。想想如果从有螺旋状阶梯的井洞或是升降井里往下看，你会是什么感觉，那么请想象把这种不适再放大一百倍。再试想，想象你的身子很轻很轻，透过蓝色的玻璃和昏暗的光线看这一切。你也许不会有在地球上那种眩晕感，你会有我一开始描述的那种感觉。再想想，这个巨大的井壁四周，有一条陡到完全难以想象的螺旋状通道。这条通道形成了一条极险峻的路。这条路被一面矮墙和一条沟渠隔开了，在下方几英里的地方，这条路完全消失了。

“向上看，我能够看到的却是完全向下的视角。这就好比低头从一个圆锥体里面向下看一样，一阵风吹过井洞，我像是隐约听见了月球兽的咆哮声在头上响起。这声音是从上方远处传来，变得越来越微弱，月球兽应该是从月表上的牧场被赶进了洞穴。螺旋状的通道中，上上下下走动着很多月球人。他们身体发白，就像是带荧光的昆虫。不知他们是在注视着我们，还是在忙着什么未知的任务。

“不知道是我想象还是确实如此，有一片雪花被冷风吹落之后，有一个很小的人类模样的‘昆虫’抓住了这片雪花，像降落伞一样，向月球中央地带迅速下落。

“大脑袋的月球人坐在我旁边，看我时晃动着脑袋，像是看到了什么东西一样，他用他象鼻一样的‘手’指着下面很深很深的地方。他是想让我看到下方有一个悬浮在空中的着陆点。这个着陆点不断向我们移近，几乎是刹那间，我们和这个着陆点像是处在一个平面上了，并且它看上去一动不动。一条绳子甩了上来，被抓住，然后我发现自己被推到很多月球人中间，他们争先恐后地想看我。

“真是让人不可思议。我忽然内心极强烈地感觉到，月球上这些月球人之间存在着巨大的差异。

“事实上，这些互相推搡着的月球人，没有任何两个是完全相像的。他们体型体格不同，他们在月球上的分类，表现出很让人惊悚的变化。有些很高大，但有些却在他们同伴的脚底下跑来跑去，他们这些特征都无不表明，他们是奇怪得让人生厌的‘昆虫’，这几乎是对人性的嘲弄。但是与此同时，他们又夸张地表现出来了让人难以置信的一些特征：有的长着巨大的右前肢和巨大的触角胳膊；有的好像浑身长满了腿，像是用高跷一样的长腿支撑着整个身体；有的从面具的边缘突出一个像鼻子一样的器官，他看起来就像是一个受了惊吓的人一样，但是他又完全面无表情，让人不得不彻底打消这样的推测。这些奇怪的而且（除了没有上颚和触须以外）头部最像昆虫的放牧月球兽的月球人应该是长相最为奇特的：一个头颅又宽又低，另一个却又高又窄；一个的眉毛如皮革，被拉伸成触角还是什么古怪的东西，另一个却长着长触须，两边分得很开；还有一个从侧面看起来又跟人类的外貌一样。有一些畸形的身体更加引人注目。有几个的脑袋像是胀大的气泡；还有一些，形态奇怪不堪，脑袋极小，简直用显微镜才能看清；还有种不可思议的极柔弱的东西像是面具下面那巨大的像喇叭一样的突起物的底座。最奇怪的是，有两三个这些地下居住的居民，他们生活在岩石底下好几英里的深处，不会有雨淋日晒，竟然还打着雨伞，就和地球上真的雨伞一样！这时我想起了那个撑伞下落的月球人。

"这些月球人的行为很像人类社会在同样情境下会有的行为一样：他们你推我搡，把别人推到一边，甚至爬到了彼此的身上，只为看我一眼。他们的数量在不断增多，不断地把脑袋挤向为我领路的那几个月球人的脑袋上。"——加富尔对此未作解释。"一会儿就有新的月球人从阴影中冒出来，使劲儿挤过来。过了一会儿，我被示意并被扶着坐上了一副担架。接着，几个胳膊粗壮的月球人把我扛在肩上，我得以在昏暗中躲过了这群吵闹的月球人，向他们给我准备的住所走去。我周围全是他们奇怪的眼睛、面孔、面具，以及像甲虫翅膀一样‘沙沙’作响的皮革一样的鼻子，月球人叽叽喳喳仍在低声说话……”

我们推断，加富尔是被带到了一个“六边形的房子里”，并且他应该是被关起来的。后来，他应该有了很大限度的自由，差不多能和在地球上一个文明的城镇所能拥有的自由度一样，看起来似乎是那个神秘的月球主宰派了两个“大脑袋的”月球人去看守并研究他。并且月球人也在试图和加富尔建立起来一些精神层面的交流。看起来非常难以置信的是，这两个神奇的人形的“昆虫”，来自另外一个世界的生物，他们不久便和加富尔用地球语言进行了沟通。

加富尔称他们为菲欧和琪帕夫。据加富尔讲，菲欧有大约五英尺高，他的腿极短小，大概只有 18 英寸那么长，脚是那种又细又长的典型的月球人的类型。在这细小的双腿之上，是同样小小的身材，由于心脏搏动，他的身子不断地颤动着。他的手臂又长又软，像是有很多关节一样，但是手臂的末梢却变成了触须。他的脖子同样也有很多关节，但是出乎意料的粗短。“他的头，”加富尔记叙道——很明显，加富尔指的是早先的描述，这一部分已消失在太空中了——“他的头是普通的月球人的类型，但是却有了很多奇特的改进。嘴巴还是那种毫无表情的张开状，但很不一样的是，嘴巴又很小，而且是朝下突着。面部完全缩小成了一个扁平的鼻子，头的两边长着小小的眼睛。

“脑袋的其他部位鼓成了一个球形，不像放牧月球兽的那些月球人有如皮革似的表皮，他们的皮肤很薄，透过皮肤都能把脑部的活动看得一清二楚。事实上，他是一种头部极其肥大的生物，这使得他身体的其他部分看起来非常的微乎其微。”

在另外一段记述里，加富尔把菲欧的背影比作了支撑着世界的阿特拉斯。“琪帕夫看起来是和菲欧非常相像的月球人，但他的脸像是被拉长了，他的硕大的脑袋似乎也长在不同的位置，而且他的头部不是圆的，而是呈梨形，脑部的主干是朝下的。”当然，加富尔身边还有一些抬担架的肩膀巨大的怪物，像蜘蛛一样的领路者，还有一个脚掌肥大的随从。

菲欧和琪帕夫应对交流这一问题时的方式非常有意思。他们进入了加富尔被关押的“六角形屋子”里，开始模仿加富尔发出的每一个声音，从模仿咳嗽声开始。加富尔很快明白了他们的意图，并开始重复一些词语并打手势示意他们跟他学。这个步骤基本是固定的。菲欧会先听加富尔说，然后比画着，说出他所听到的。

菲欧掌握的第一个词是“人”，第二个是“月亮人”——加富尔显然是一时心血来潮，用这个词来替代“月球人”，指代经常提到的月球人族群。菲欧在认为自己已经理解了一个词的意思之后，就重复这个词给琪帕夫听。这样一来，琪帕夫也会准确地记下这个词意。头一回交流，他们就掌握了差不多一百个英文名词。

后来，他们好像带来了一位艺术家还是什么的月球人，借助画画和图表来帮助理解。加富尔这样描述这位月球人，“他是一个胳膊很灵活并且眼睛炯炯有神的月球人”，而且，他画画的速度很快。

加富尔的第十一份电文毫无疑问又是一个更长的交流的片段。在一些前言不搭后语的记叙之后，整个电文变得无法辨认了，然后他这样写道——

“这样的交流只会让语言学家感兴趣，但是我让自己拖延了很多的时间。而且这也许只是个开始。事实上，我很怀疑我是否能按正确合理的顺序记叙我和月球人之间达成交际所经历的所有的曲折。动词进展得很顺利——至少学习实义动词的时候是这样，因为我能通过画画来阐释；有些形容词也很简单，但是有些抽象名词，介词以及一些地球上人们经常使用的含义丰富的语句，解释起来就变得很困难，就像穿着软木塞一样的衣服跳水一样。其实这些困难也并非难以逾越。教到第六课的时候，第四个助手，一个大脑袋像足球一样的家伙来了，他的特长是将事物进行仔细的类推。他进来的时候忧心忡忡的样子，在凳子上绊了一跤。我们把所有出现的问题都交给他了。他们高声吵嚷，互相拍打，大脑袋为此头疼不已。但是只要他集中了精力，那他的理解力是惊人的。任何时候，需要思考并且菲欧都不能想出来之时，就只能求助于这个脑袋像足球的家伙了。他总是能够把结论告诉琪帕夫，以便让这样一个结论被记住；而琪帕夫的脑袋几乎就是一个储存器。这样一来，我们就又开始学习了。

“好像是过了很久，但事实上时间并不长——只是几天的工夫，我便开始和这些‘月球昆虫们’交流了。当然了，一开始的交谈又无趣又让人很费劲，但慢慢地，在不知不觉中，我们就达成理解了。我的耐心也到了极限。菲欧一直说个不停，他会一边和我交流，一边发出大量的像是在思索的‘嗯，嗯’的声音。他还习惯用那么一两个短语，如‘如果我可以这么说的话’，‘如果你能理解的话’，这些短语充斥在交谈的过程之中。

“他就这样开始讲话了。试想他是如何介绍那位艺术家的。

“嗯——嗯——他——如果我可以这样说的话——是画画的。吃得少——喝得少——画画。爱画画。没别的爱好。讨厌别人画得和他不一样。生气。讨厌别人画得比他好。讨厌大多数人。讨厌不为画画而生活的人。生气。嗯。所有事情都没有意义——只有画画。他喜欢你……如果你能理解的话——画新的东西。丑——印象很深。嗯?

“‘他——转身望着琪帕夫——爱记单词。记得比任何人都好。不会思考，不会画——会记话’——他在这里把这个长于记词的随从称作——‘历史’——‘所有事情。他听一次——说永远’。

“于我而言，听到这些奇妙的生物开口讲话，比任何我曾做过的最不可思议的梦都要精彩。但是即便如此，这也并不能够削弱他们外表上非人类的特征带来的影响。他们在不断地寻找更捷径的办法，以说出更连贯的话语——提问题，然后回答。我感觉自己像是回到了童年时听寓言故事的年月，故事里面蚂蚁和蚂蚱在争吵，一只蜜蜂飞过来做裁决。”

这些语言操练在进行的同时，加富尔似乎也得到了更多的自由。“我们之间那些因为畏惧和不信任引起的争吵现在正在，”他说，“正在被我刻意的谨慎所抹去……我现在出入自由，或者说我被关起来，那也完全是我自愿。因此我有机会能接触到这些设备，而且，非常幸运地发现了在这个洞穴里乱堆乱码着的东西。这样，我才得以发出去这些电文。到目前为止，还没有谁对我做这件事有任何的干涉，尽管我跟菲欧已经明确地说过，我正在往地球发信号。

“‘你和别人讲话？’他问我的时候看着我。

“‘是别人们。’我说。

“‘别人们。’他说，‘是人类？’

“于是我继续发送。”

加富尔在不断地修正前面给过的说明，因为不断有新的状况出现，他自然得修正自己所做的结论。以下部分都相应地对他记述的东西做了保留。这些信息都摘自第九、第十三、第十六次发过来的电文。尽管整体来讲，这些电文都相当的含糊并且支离破碎，但是它们还是能够给我们一个较全面的这个奇怪群落社会生活的图景。人类孜孜以求想得到的关于月球的信息也就是如此了。

“在月球上，”加富尔说，“人人都知道自己的位置。他生在一个地方，就接受严格而精准的训练，教育以及外科手术。他经历这一切是最终为了不具备任何超出这一目的的观点和器官。举个例子来讲，如果一个月球人注定要成为一名数学家，那么他的老师和教练就会立即按这个目标培养他。他们会把他其他方面的追求都加以控制，用一种近乎完美的心理学的方法鼓励他偏好数学。他的大脑在发育，至少他大脑中有关数学能力的部分发育，而其他的部分只能够维持基本的生活需要就已足够。最终的结果是，除了吃饭睡觉以外，他最大的乐趣就在于操练和展示他这方面的能力，他的兴趣是运用这些技能，他的社会交往仅仅限于和他一个领域之内的专业人员。他的脑袋会不断增大，至少是负责运算的脑区在不断增大；脑部的膨胀像是把身体结构中其他部分的生命力和精力全部吸光了。他的四肢慢慢萎缩，心脏和消化器官都相应变小，他昆虫一样的面孔也就隐藏在不断膨胀的脑袋之中了。他的声音变得尖利，而发声的目的只是为了说明数学问题，他除了会注意到发声是否恰当以外，任何时候都像是聋了一样。他发笑的功能，除了在他突然发现了一个悖论的时候有用，任何其他时候像是已经丧失了一样。他最深的感情只牵系于最新一个演算的进展中。这样，一个月球人算是达到了自己的目的。

“或者，另一种情况是，如果一个月球人被指定为从事看管月球兽的工作的话，那么，从他的幼年时期起，他就会在特定的引导下，学习怎么和兽群一起生活。这样，他能够从对月球兽的认识中得到乐趣，也能够训练他照料和追赶月球兽的能力。他被训练成身体强健而机敏的月球人。他的眼睛只需注意那些被紧紧包裹着的东西，也就是那些长着棱角，有明显‘月球兽特征’的东西。他对月球更深处的事物毫无兴趣，他会对所有不同于月球兽的东西报以冷漠、嘲笑或敌意。他全部的思想只关心月球兽的牧场，他的语言是极其专业的管理月球兽的一项技能。因此，他热爱自己的工作，心满意足地完成自己分内的职责。在这个大的世界机器中，每一种月球人的群落都堪称完美的部件。

“那些长着大脑袋的月球人，担负着所有的脑力方面的任务。他们是这个奇异社会的贵族。而他们的首领，月球上最最完美的典范，便是这月球上最勇猛又智慧的统领者——月球帝，我最终拜见了他。月球上的脑力阶层之所以有脑力无限发展的可能，主要是因为他们的头部没有骨质的头颅，月球解剖学是这样给出解释的。而人类的头颅却限制住了大脑的发展，只能发展到‘到此为止，而不能再超越’的状况。这些月球人按影响力和受尊重程度大致分为三类。有管理者，菲欧就是管理者中的一员。这个阶层的月球人通常博学多才，每一位负责管理月球内部一定空间的事物；有专家，就像那个脑袋像足球一样的思想家一样，他们是被训练去完成一些特殊的事务；有学者，他们简直就像是各种知识的储存库一样。琪帕夫就是最后这个阶层中的一员。他是月球上第一位地球语的教授。很有意思的一点是，我注意到，最后提到的这个阶层，因为他们的脑力发展不受限制，他们就没有必要借助机器去完成一些脑力任务，这和地球上人类所处的状况显然是很不一样的。月球上没有书籍，没有任何形式的记录，没有图书馆，也没有镌刻文字，所有的知识都被储存在无限膨胀着的大脑中，就像得克萨斯的采蜜蚂蚁把蜂蜜都储存在胀大的腹腔中一样。月球上倘若有像萨莫西特博物馆和大英博物馆图书馆那样的地方的话，那么，它里面的陈设应该是生长中的大脑……

“我注意到专业化程度没有那么高的管理者，大都在任何碰到我的时候，都对我有强烈的兴趣。他们会跑过来盯着我看，提出各种各样的问题，只有菲欧能回答这些问题。我时常看见他们到处乱走，后面跟着很多轿夫、随从、吵吵嚷嚷的开路者以及拿着降落伞的月球人，凡此种种。真是非常让人叹为观止的一些群落。那些专家们基本上对我不怎么理睬，他们相互之间也是这样。他们注意到我，有的时候只是为了吵吵嚷嚷地炫耀一下他们的技能。而那些学者完全是一副无动于衷并且自鸣得意的模样。只有对他们学识的挑衅会让他们振奋。通常这些学者会由一些监护人员和助手跟随。一般来说，这些随从都体格较小，看起来很机灵，都是身体较为娇小的女性。我倾向于相信，这些随从应该是他们的妻子之类的伴侣。有些学问高深的学者的体型实在庞大，移动都很困难，他们经常被抬在轿子里，从一个地方挪到另一个地方。他们的脑部就像果冻一样晃来晃去，我禁不住对他们的渊博感到吃惊。我到过的一个地方，恰好有机会看到这样一个像电子玩具一样的老学究，真是让人很想笑。他的大脑袋来回晃动着，秃顶，胡须被刮过，皮肤很薄，躺在一个看起来很古怪的轿子里，前后都有轿夫候着，还有长相怪异，脸像喇叭一样的新闻发布者，在宣扬他的学问。

“我已经提及过，大部分的知识阶层都有随从跟着：领路的，轿夫，仆人。这些随从用他们有力的触须和肌肉来帮助那些脑力过度发达，而几乎丧失了体力的学者们。他们身边总有脚夫跟随，还有一些行动极其迅捷的信使——这些信使长着蜘蛛一样的腿，而‘手’是用来抓降落伞的。还有一些随从的声音大得能把死人吓醒。除了他们各自非常有局限的才能以外，这些下属们就像立在原地的一把伞一样无用。他们存在的唯一意义，就是服从及履行自己的职责。

“还有一大群月球人在螺旋形的通道中来回走动，他们钻到上升的‘气球’里，然后从我身边掉落，手里抓着看起来很不结实的降落伞。我推断，他们应该是执行阶层‘机器工’。事实上，有些月球人的工种的确就是这样——这并非什么比喻，而是现实。看管月球兽的那些月球人的触须被精妙地改良成了分别负责爬行、举重和带路的肢干，而他们身体的其他部分最多也就只不过是一些必要的附件罢了。有些月球人，据我猜想，应该是专门负责敲钟机械的，他们的听觉器官极其发达；这些月球人中，有的是负责精细化工工作的，他们的身体上凸起着巨大的嗅觉器官；有些长着又扁又平的脚，他们的脚关节很硬，这是为了更稳当地踩踏板；还有一些，我听说是玻璃吹制工，他们的身体看起来就像是肺叶风箱一样。但是这些普通的月球人，都极其恰如其分地适应他们各自的社会需要。精细工作是由一些身体矮小的月球人完成的，有些矮小到我几乎可以把他们放在手掌心里。他们的职责和唯一的乐趣就是为各种小型的设备提供动力。而管理这一切，并对任何可能出现错误的行为进行约束的月球人，是我在月球上见到的最强壮的种类。他们便是月球警察。他们肯定也是从小接受训练，并且对那些大脑袋的月球人表示完全的尊重和服从。

"培养这些不同种类的月球人不同的操作能力肯定非常奇特，也应该是很有意义的一个过程。我对此仍然不甚了解。但是就在最近，我碰到了一些年轻的月球人，他们被关在坛子里面，只有前肢可以伸到外面。他们是要被训练成一种特殊的机器看管工。在这个高度发达的体系中，伸出来的'手'是被某种刺激物所激发，并由注射来滋养的，而身体的其他部分都得不到营养。如果我没理解错的话，菲欧这样跟我解释过，这些奇异的小生物已经习惯在这禁闭的环境中忍受痛苦，所以他们很容易就能认命。这听起来非常难以理喻。看了对这些小小月球人所实施的教育方式之后，我心里感觉很不是滋味。我希望我所受的这种负面影响很快就会过去，但我还是有可能看到这个奇妙的社会秩序中更多的这样的场景。那只看起来很可怜的手从坛子里伸出来，好像是在恳求什么不可能被答应的要求一样。这样一个画面始终在我的脑海萦绕。但是我想了想，终究这还是比地球上的人们让孩子长成人类，然后又把他们变成机器的好。

“也是在最近，我猜想应该是我第十一次还是第十二次用这个设备的时候——我惊奇地了解到了这里工人的一些生活。我被他们引导着抄了近道，没走那条螺旋形的通道，也没沿着中央海洋的码头行进。我们走过一条又长又暗的通道，到了一个巨大的低矮洞穴中，这个洞穴里散发着泥土的味道，里面光亮很足。这光亮是从一堆错综盘结的蕈菌植物中射出的——看起来有些像是地球上的蘑菇，却有人那么高，甚至比人还要高。

“‘月球人吃这个吗？’我问菲欧。

“‘是的，吃的。’

“‘天啊！’我惊叹道，‘这是什么东西呢？’

“我看到一个体型极其庞大的月球人一动不动，脸朝下趴着，我们停了下来。

“‘是死了吗？’我问。（因为到目前为止，我还未曾见过月球上死了的生物，我变得越发好奇。）

“‘不！’菲欧说，‘他——工人——没活干——喝了酒——睡着了——直到我们需要他。醒过来有什么用，是吧？不需要他醒过来。’

“‘又有一个！’我喊道。

“后来我发现在这片到处是蘑菇的地方，有很多月球人都在安眠药的作用下睡过去了，直到月球什么时候再需要他们，他们再醒过来。昏睡过去的月球人很多，我能把有些翻转过来，这样就能比以前更仔细地观察他们。我翻动他们身体的时候，他们呼吸沉重，但始终没有醒过来。我记得非常清楚的一个是这样：他给我的印象很深，这是因为光线照在他身上的时候，他的神态酷似一个直挺挺的人的模样。这个月球人的前肢极长，触须很细——他应该是一个从事精细工艺的操作工——他的姿态能说明服从带给他的痛苦。毫无疑问，我这样解读他的表情是不对的，但我确实那么认为，当菲欧又一次把他翻滚到黑暗中的时候，我心里有一种很难受的感觉。尽管可以翻身，但是他身上的昆虫属性还是暴露了。

“这只是表明，人在获得一种习惯性感受的时候，所采用的方式是不假思索的。给一个暂不需要的月球工吃药，并把他推到一边总比人类把工人从工厂里驱逐出去，让他在大街上流浪的强。在任何复杂的社会体系当中，对特殊工种的需求总是间断性的。而这种方式，却解决了预期的失业问题。然而，受过科学训练的头脑往往显得非常不近人情，我不愿回忆起那些在闪着荧光的拱形植物丛中躺着的月球人。虽然不抄近道意味着走更远的路，会更吵闹，更拥挤，我还是宁肯忍受这些不方便。

“更远的一条路需要绕过一个巨大又阴暗的洞穴，拥挤，并且吵吵嚷嚷。就在这里，我从一个蜂窝状墙面的六角形开口望出去，看到有的月球人在后方的一大片空地上徜徉，有的在挑选玩具和护身符。这些器物是在底下沟渠中长着极长触须的一些珠宝匠制作，来讨好她们的。她们便是这个月球世界的母亲们，就像是蜂房中的蜂后一样。她们看起来很高贵，打扮得极其美妙精致，神情傲慢。除了嘴的部位，头小得显微镜才可以看清。

“对于月球上的性别、婚嫁以及婚礼馈赠、出生等这些情况，我还知之甚少。随着菲欧的英语有稳步的提高，我在这方面的知识也就渐渐多了起来。我认为，在他们这样的像蚂蚁和蜜蜂一样的种群里，一定是有中性的。当然了，在地球上，我们的城市里也有这样的人，他们不像常人那样去体验为人父母的角色。而在这里，像在蚂蚁种群中一样，这是一种很通常的状况。而这种必要的职责自然就落到了这些特殊的，但数量不怎么多的女性身上，她们就是月球上的母亲们。她们身形巨大，漂亮尊贵，最适合孕育月球人的幼体了。如果我没理解错的话，菲欧告诉我她们完全不懂得怎么珍爱她们养育的那些后代。她们时而一味地溺爱，时而凶残暴戾。这些幼体在极小的时候，身体娇嫩，皮肤发白，她们很快就被送给那些独身的'女性'去照料。她们实际上就是'女工'，在有些情况下，她们的脑力几乎可和'男性'相匹敌。"

就在这个时候，很遗憾电文中断了。这一章的内容都是断断续续，却又引人注目的。但是，这个奇妙的世界却给我留下了一个模糊又大致的印象——这是一个我们自己可能早晚会去了解的世界。这段不完整的电文，这段从黑暗中的月球山坡上发出的记录针头的低语，是人类之前从未曾考虑过的对人类生存状况要做出改变的警告：在这样一个地球的卫星上，有新的元素，新的仪器，新的传统，以及铺天盖地的新的观点。我们注定会和这样一个奇怪的种族争夺统治权——那些金子就像地球上的铁和木头那么寻常。

第二十五章

加富尔在倒数第二份电文中详细记述了他和月球帝之间见面的情况，这部分的描述偶尔还有非常详尽的一些细节。加富尔发出的这部分电文像是未受到任何干扰，但在结尾部分像是被突然打断了。随后的一份隔了一周才发过来。

电文的开头部分是这样的：“我总算能继续这样——”然后，下面的信息就难以辨认了，又跳过去一些信息之后，好像从中间又能连续上了。

紧接着的丢掉的词很可能是“人群”，以下的部分就非常清楚了。“越靠近宫殿，人越多——如果我们能把那些洞穴叫作宫殿的话。到处都有不同的面孔盯着我——空洞的，张得很大的嘴巴，戴着面具，巨大鼻子后面的眼睛，像盘子一样扁平阔大的额头下方的眼睛都在注视着我；在我脚底下有那些还没完全长成的小生物东躲西藏，叫来叫去。一些戴头盔的脸孔也凑了过来，他们的长脖子上有很多关节，从别的月球人的肩膀上探出脑袋，要么就是从别的月球人的腋窝里钻了出来。一群表情木然、脑袋像木桶一样的卫兵在我的四周行进，但和我又保持着一定的距离，像是在迎接我一样。这些卫兵自我们下船后，就一直跟着我们。我们是顺着中央海洋的海上通道乘船过来的。在行进的队伍里还有一个眼神麻利、脑袋很小的艺术家，他的身后跟着一群瘦弱的‘蚂蚁’脚夫。它们摇来晃去地行走，行进很是困难，负重行走的样子，像是在为了迎接我一样。最后的一段路我是乘着轿子往前走的，轿子是用一种很柔韧的金属制成，看起来黑乎乎的，轿身上还缠着一些网状的颜色较淡的金属条。我被抬在轿子中间往前行走，他们围拢成一条很长很拥挤的随行的队伍。

“在我的前方，四个脸像喇叭一样的月球人像是在举行传令仪式一样，一边走，一边发出闹哄哄的叫嚷声。同时，还有几个矮胖的领路者在我前后走着，我的两边是一大群学者月球人，他们就像活着的百科全书一样。据菲欧讲，他们是站在月球帝身旁专门提供各种信息的。（没有什么是这些神奇的生物不知道的，从月球上的科学知识到月球上的每一件事，每一个观点，以及每一种思维方式。）之后跟着的是卫兵和脚夫。菲欧也坐着轿子，脑袋一摇一晃的；跟在菲欧后面的是琪帕夫，他也坐在轿子里，可是他的轿子看起来要稍差一些；琪帕夫后面是我的轿子，比任何其他的轿子都要更显精致，我身边是一群侍奉我吃喝的随从。我的后面还跟着数量众多的脸孔像喇叭一样的月球人。他们的叫喊声很大。再后面跟着的是几个脑袋很大的特别记者，或者说是编史官，如果可以这么叫的话，他们的任务是观察并记下这次划时代意义会面的任何细节。最后跟着的是一群侍者，他们手持旗子，或者拿着一堆堆的散发着香气的蕈菌植物和古怪的标志。路的两旁是身着像钢一样发亮衣服的领路者和管理人员，而在更远处我目光能及的地方，到处是攒动着的月球人的脑袋。

“我得承认，我对这些月球人奇怪的打扮并不是完全的无动于衷。我发现自己在这群像昆虫一样的生物簇成的海一般的潮涌中漂浮，而这感觉让人非常的不适。有那么一阵子，我终于能够体会人们说‘恐惧’二字的含义了。这种感觉在我进入月球洞穴之前就已经有过了。那个时候我被一群月球人围着，没有任何武器，并且腹部受了伤。但我现在对于‘恐惧’的理解似乎更深刻。当然，这样的感觉并不是完全没有由来，我也希望能慢慢克服这种情绪。但在那个时候，我被一大群月球人簇拥着往前走，我唯一能做的事情就是紧紧地抓住轿厢，咬紧牙关，不发出任何的声音或是表露出任何恐惧的样子。这种状况持续了能有三分多钟，最终我得以平复下来。

“我们顺着螺旋形通道垂直的路向上爬行了一会儿，然后我们穿过一些巨大的装饰华美的穹顶大厅。通往月球帝住所的这条路已足以证明其宏伟壮观。经过的洞穴一个比一个更大，每一个都比以前的洞穴有更大的穹顶。光线越来越暗，烟雾越来越浓，这衬托得大厅更加的空阔。近处的景物都看不清楚了。我好像一直在往一个更大、更昏暗、更虚幻的地方走去。

“我必须得承认的是，这样宏大的场面让我感到无比的寒酸和卑微。我的脸没有刮，头也没有梳，我根本就没有带剃须刀，嘴唇上全是又粗又硬的胡子。在地球上的时候，我一直蔑视那些会因为我没做好个人卫生而对我指指点点的人。而在这种特殊的情况下，我发现自己所代表的星球和种群能否被大家所待见，大半还有赖于我自己外表上的吸引力。其实，我原本可以多花些钱来打扮自己，让自己看起来有些艺术气质或气派一些，起码不像现在这样邋里邋遢。我一直想当然地认为，月球上没有住民，也就全然忽略了做什么准备。当时我的状况是：上身穿着一件法兰绒外套，腿上是灯笼裤，脚上是一双高尔夫长筒袜，身上满是灰尘。除了这些，我还穿着一双便鞋（其中左脚后跟已经磨掉了），身上裹着一条毯子，这毯子上还有一个窟窿，我的脑袋就从这窟窿里钻了出来。（其实我到现在还是只穿着这身衣服。）我的硬茬的胡子却是提升了我外貌的一大看点。更糟的是，我灯笼裤裤腿上的膝盖处破了一个洞，都根本没有机会补上。我刚坐到轿子上的时候，这个洞就露出来了。我右腿上的长筒袜也老往下掉，经常绊住我的脚踝。我很清楚，我的这番模样肯定会让月球人对人类有非常不公正的评价。其实如若有什么办法能对此有所弥补的话，我一定会那样做的。可是我又完全无能为力。我只能用毯子装扮一下自己——把毯子折成像一个袍子一样的东西，就那样直挺挺地坐在轿子里，随着轿子的摆动摇来晃去。

“想想看你去过的最空阔的大厅，厅里的光线是漂亮的蓝色，晕染着灰蓝色的一层雾气，这厅里面到处是各种金属色的或是青灰色的生物，我在前面都有所提及。想象这个大厅的尽头是一个拱门，而拱门之外是一个更空阔的大厅。这大厅外面又连着另外一个比这还要大的大厅。就这样一个接着一个。在这一排排大厅的更远处的尽头，隐约能看见有一些楼梯，就像是罗马阿拉瑟里祭祀台的台阶那样。这些楼梯高不见顶。越靠近这些楼梯的时候，这些楼梯像是越来越高。直到最后，我来到了一个巨大的拱门下面，这时我在这些楼梯的上面，看见月球帝坐在自己高高的宝座上。

“他坐在一片炙热又有些刺眼的蓝光中，因为周围一片黑暗，他就像是飘浮在蓝灰色的一片虚空之中。乍一看他像是一片小小的在淡蓝色宝座上发着荧光的云。他的脑袋很大，直径起码有好几码。不知怎么的，我就是猜不到为什么宝座后面探照灯发出的蓝色光线，会在他身边形成一个光环。他四周站着的是一些极其模糊的月球人的身影，那是他的随从和仆人。而他宝座下方的黑影中，是他的下属，记录人员，研究人员，跟屁虫，仆人，以及月球殿堂内所有有身份的月球人。这些人的下方站着领路者和信使。再下方的台阶上面站着的是卫兵。在最底部站着的是很多模糊又数量众多的月球人，他们最终隐没在了黑暗中。他们是摩肩接踵的月球上地位卑微的种群。这些月球人的脚在岩石上发出摩擦的‘沙沙’声。他们的肢体在摆动的时候也发出‘沙沙’的声响。

“当我进入倒数第二间大厅的时候，音乐声响起。声音越来越大，能感受到一种帝王般的肃穆，而那些报信者的尖叫声也慢慢隐没了。

“我随即进入了最后一个，也是最宏伟的一个大厅。

“行进的队伍呈扇形打开，领路者和卫兵左右两路分开。那三顶抬着我，菲欧和琪帕夫的轿子穿过一片空阔的并在黑暗中闪着亮光的地方之后，停在了一些巨大的楼梯下面。这个时候，随着音乐声传来一阵很大的嗡嗡声。菲欧和琪帕夫从轿子上走了下来。他们仍让我坐在轿子上，我想这应该是一种特殊的礼遇。后来音乐声停了下来，可嗡嗡声仍在继续。无数个攒动着的充满敬意的月球人的脑袋在前面摇来晃去，我很自然地就注意到了在我上方很高处盘踞着的，头顶光环的生物。

“一开始，我透过那些耀眼的光，看见那个无比尊贵的脑袋像是一个模糊的没有什么特点的气泡。气泡中隐约有幻影在移动。在这巨大脑袋的下方，像是在宝座的边缘位置，有一双极让人惊异的精灵般的眼睛在透过那光线注视着我，完全没有脸，只有眼睛，就像是透过洞孔来看着我一样。起初，我只能看到一双小小的眼睛，别的什么也看不到。但是慢慢的，我看见这脑袋的下方有身体和像昆虫那样的关节连接起来的四肢。这些肢体发白，并且呈萎缩状。这两只眼睛非常奇怪地盯着我看。膨胀起来的脑袋皱了皱，看起来极柔弱的一些触角帮忙稳了稳这宝座上的身子……

“好大好让人惊异的脑袋！我已经全然忘记了这大厅和身边的月球人人群。

“我身体抖动着走上楼梯。我感觉好像我上方那个微微泛着光的脑袋已经遮住了我。而且我越靠近，好像越是这样。里三层外三层，站着的侍者和仆人都渐渐隐去了。我看见那些身形模糊的侍者在给这巨大的脑袋上喷一种清凉液，并且一边喷一边扶着那大脑袋拍打。我当时抓着摇摇晃晃的轿子看着，我感觉我无法不去看这巨大的脑袋，哪怕只是一小会儿。最终，我到了一个很小的可以落脚的平台，这里距月球帝的宝座仅有十几步之遥。恢弘无比的音乐到了高潮停了下来，我就像是被赤身裸体地暴露在那个空阔的地方，供月球帝仔细观看一样。

“月球帝在看他所见到过的第一个人。

“我的目光从月球帝的身上落到他身边那片蓝色雾气中的黯淡影子上。随后，又看到了台阶下面那成群的月球人。他们一动不动，满是期待的样子站在下边的洞底处。又有一阵莫名的恐惧袭来……但是这恐惧最终过去了。

“这短暂的中断之后，行礼仪式开始了。我从轿子里面被扶了下来，很是尴尬地站在了地上，两个瘦弱的官员模样的月球人对我行礼，这礼节看似很奇怪，但肯定有深刻含义。那群陪着我们来到这大厅最后一个入口处的有渊博学问的月球人，都站在我上方或是左右两边的楼梯上，他们随时待命，为月球帝效劳。菲欧站在月球帝的宝座和我之间，他这样站着是方便在我和月球帝之间传话，就避免了转身对着我或是月球帝。琪帕夫站在菲欧的后面，那些领路者侧身向我走了过来，以示整个的脸孔给月球帝，以表尊敬。我半跪着坐了下来，菲欧和琪帕夫在我上边的楼梯上也跪了下来。过了一会儿，离我较近的头目们把目光从我的身上移到了月球帝身上，随后又移回到了我身上。底下影影绰绰的月球人发出嘶叫声，像是充满期待。后来这声音停了下来。

“这嗡嗡声也停了下来。

“我第一次，也是最后一次感觉月球是寂静的。

“我听到了一阵微弱的喘息声。这是月球帝在跟我说话的声音，这声音像是手指头在玻璃上摩擦那样。

“我仔细观察了一会，然后看了看非常警觉的菲欧。我感觉身处这样一群瘦弱的生物之中，我是那么的结实而粗壮。我下巴结实，长着一头黑发。我回神看了看月球帝。他好像已经不再说话了，侍者们忙碌着，他通体发亮，身上淌下清凉的液体。

“菲欧沉思了一阵子。他请教了一下琪帕夫。然后他又开始用尖刺的声音讲起英文来……一开始他有些紧张，所以讲得不是很清楚。

“‘嗯——月球帝——想要说——他想说——他觉得你是——嗯——人——你是从地球上来的那个人。他想说他欢迎你到来——欢迎你——欢迎你——他想了解——了解，如果我能用这个词的话——你们那个世界的状况——以及为什么来月球的原因。’

“他停了下来。我正要回答，他又开始接着说，后面他说的东西并不是很清楚，但我认为那应该是些客套话。他告诉我地球对月球的重要性就好比太阳对地球那么重要。月球人极其想了解地球以及人类。然后他又告诉我，肯定是为了奉承我，说地球相比月球是多么的广阔。他也说月球人一直觉得地球是一个让他们有无尽向往和猜想的地方。我低头想了想，然后告诉他地球人同样也希望了解月球上的东西，而且一直认为月球上不会有生命，根本没有料到会看见今天这样壮观的场面。月球帝像是对我说的这番话表示了肯定。他旋转着让人疑惑的蓝色光芒，整个大厅响起了我前面提到过的那种低语声和嘶叫声。之后，月球帝又让菲欧问了我几个比较好回答的问题。

“他说它已了解到我们居住在地球表面上。地球的空气与海洋都在地球表面上。其实后面这一点他已从月球上的天文学家那里得知了。他极其迫切地想要知道被他称作‘极不寻常的事情’的一些细节情况。因为从地球的硬度来判断，通常会认为地球是不适合居住的。他竭力想要确定地球人到底能够承受怎样的气温极限。他也对我关于云和雨的描述很感兴趣，这是因为月球内部的外层洞穴在晚间通常是有很多雾气的。当我谈到我们的眼睛并不怕刺眼的阳光时，月球帝感到很惊讶，他也对我所描述的天空在空气的折射作用下是蓝色的这一现象表现出兴趣。但我真的怀疑他是否明白我的意思。我跟他解释了人眼的虹膜怎样帮助瞳孔进行收缩，而避免使眼睛内部那些脆弱的结构受到强烈阳光的刺激。而后我又被批准走近他，在离他几英尺的地方，他好观察我眼睛的结构。月球人的眼睛不仅感光，而且可以感‘热’，月球上任何温度的变化，眼睛都可以捕捉得到。

“虹膜对月球帝来说是个全新的器官。有一阵子，他不断地把光束照到我的脸上，观察我的瞳孔如何收缩，我被照得有些眩晕，短暂地失明了一阵子。

“尽管我感到很不适，但我在这一问一答中还是感觉整个见面的过程是理性的。我心里算是没有那么慌了。我可以闭着眼睛，想着怎么回答他的问题，几乎忘记了月球帝甚至没有长脸这个事实。

“我回到原先的位置之后，月球帝又接着问我我们怎样躲避酷热和风暴，我就给他解释了人类建筑和装饰的艺术。在这一点上，我们之间出现了一些误解。我得承认，这主要是因为我表述得不太明确。有好长时间，我无法跟他解释清楚房屋的属性。对于他和他的这些侍者而言，人类建造房子是很莫名其妙的事情。因为他们住在洞穴里，永远不需要修建房屋。我发觉自己把事情弄得越发复杂，我讲到人类原本也都住在洞穴里，而现在人类开始修筑铁路和其他设施。我想这都是因为我极力想表达人类在智力上的发达。我后来又很愚蠢地跟他解释地下矿井，这使他们更加疑惑了。最后，我只好先把这个话题搁置。月球帝最后让我描述了一下地球内部的状况。

“当我讲到地球的先祖在地球表面进化，我们对地球内部的世界一无所知的时候，月球人又发出一阵叽叽喳喳的嘶叫声。我重复了三次，从地表到地心的四千英里的物质里，人类只了解到了接近地表一英里左右的物质，而且这种了解也只是个大概。我后来明白了月球帝问我的原因是，既然我对自己的星球都不了解，为什么到月球来。但是他并无意让我难堪，因为他被很多和他之前所持观点相悖的说法搞得焦虑不堪，他就不继续追问我这些细节了。

“他又回过头问天气的问题。我试图尽力向它描述不断变化中的天空、霜雪和飓风。

“‘夜晚来临时，’他问我，‘是否很冷呢？’

“我告诉他夜晚比白天冷。

“‘那么你们的大气会冻结吗？’

“我告诉他不会，地球不会冷到那种地步。因为地球的夜晚不是很长。

“‘难道也不会变成液体？’

“我想要说‘不’来着，但是我突然想到我们的大气，其实从部分意义上来讲，是有液化现象的——蒸汽会液化形成露珠，或凝固成霜冻。这一过程和月球表面上大气在更漫长的夜晚的凝结过程是一样的。这一点我解释得很清楚。接着这个话题，月球帝跟我开始说有关睡眠的问题。因为在地球上，每一种生物都会每二十四个小时有规律地睡眠，这是地球上生物的遗传特征。在月球上，他们几乎不休息，只偶尔会在极其辛苦的劳作之后休息。然后我跟他描述了夏夜里柔美的夜色，也提到了一些地球上在夜里习惯外出觅食而白天睡觉的动物。我讲了狮子、老虎这些动物。说到这里的时候，我们又好像陷入了僵局。因为在月球上，除了水中有动物以外，别的动物都是家养的，或是完全被驯服了。这样的状况向来就是如此。月球上有很大的水怪，但没有凶恶的野兽。要使他们想象在夜间会碰到大型的兽类，是一件很困难的事情。”

（这个地方的电文中断了有二十几个字。）

“月球帝和身边的侍者交谈着，我想他们该是在谈论地球人这不可理喻的肤浅。人类居住在地球的表面，接受着各种风浪以及大气层中的各种其他状况，却无法团结起来战胜那些会吃掉他们的野兽。而他们竟侵入到了另一个星球。月球人在言谈的时候，我在一边也思索着。之后，应月球帝的要求，我向他描述了不同种类的人。月球帝又提出了很多问题：‘你们人类叫所有的人做不同的工作，那谁思考？谁管理呢？’

“我简要地描述了一下什么是民主。

“我说完之后，月球帝又让侍者向他的眉头喷了一些清凉液，然后接着让我再讲一下方才没有解释清楚的地方。

“‘那你们没有完全不同的分工吗？’菲欧问我。

“我承认，有些人是思想家，有些人是官员，有些是狩猎者，有些是机械师，有些是艺术家，有些是工人。‘但每个人都可以参与统治。’我说。

"'那么难道做不同的工作，就没有为此而特别打造的身体构造吗？'

"'没有，'我说，'除了衣着不一样以外。当然人们的思维自然会有不同之处。'我想了想，对他说。

"'那人和人的思维肯定相差很大，'月球帝说，'要不然他们都想做同样的事情。'

"为了能让我的想法和他保持一致，我对他说。他的猜测是正确的。'人的思维都藏在大脑里，'我说，'但是区别在于，也许，如果能看见人的思想与灵魂的话，就会发现，其实人类和月球人一样，彼此间不同，也不平等。也就是说会有伟大的人，渺小的人，有思想的人，行动敏捷的人，也会有吵吵闹闹的人，长着喇叭形脑袋的人，以及那些能过目不忘的人。'"（这部分电文中，也有几个词不清楚。）

"月球帝打断了我，问我前面讲述的一句话。'你的意思是说所有的人都可以成为领导者？'他逼问我。

"'某种程度上来说，是这样。'我这样说的时候又发觉自己好像越发解释不清了。

"他提出了一个很直白的事实。'那你的意思是说，'他问道，'地球上就没有地球帝吗？'

"我想到了一些人的名字，但是还是明确地告诉他没有。我跟他解释在地球上曾有过的独裁者和帝王们都最终因酗酒、堕落或暴力而丧生。我还告诉他，在地球人类中，我所在的盎格鲁－撒克逊民族的人们不再想做帝王之类的事，月球帝听得越发惊讶了。

"'那你们如何葆有你们的智慧呢？'他问道，我跟他解释，我们是怎样帮助我们有限的……”（这里缺了一个词，应该是“大脑”。）“通过图书馆里的书籍。我向他解释了我们是怎样通过很多渺小的人的努力发展科学。他对此没有过多评论。只是说尽管我们居住的社会有些野蛮，但我们还是掌握了很多知识。否则的话，我们也不会抵达月球。可是他所做的对照依旧鲜明。这是因为，‘月球人在掌握了知识之后，身体会生长变化，而人类却把自己掌握的知识储存起来，这是很野蛮的行为……全副武装的野蛮物种’。他说这……”（这里又有一段电文模糊不清。）

“然后他又让我讲讲，地球上的人类怎样到处活动，我就向他描述了我们的铁路和轮船。他有一阵子很是纳闷，我们竟然在 100 年前才使用蒸汽。但等他明白以后，他感到很吃惊。尽管我对月球人的计数体系一无所知，但我可以明确的一点是，月球人跟地球人一样，是用年来计算时间的。当然，这并不重要，因为菲欧对我们的计数体系比较了解。我接着这个话题，告诉他人类居住在城市里的历史大概只有几千年或一万年。我同时也告诉他，人类迄今都没有联合成一个大家庭，而是由许多不同形式的政府进行统治。这让月球帝极为震惊，他最终明白了我的意思。一开始他认为我所说的只是不同的管理区域罢了。

“‘我们的国家或帝国仍然是未来新制度的草图。’我对他说，随后我又告诉他……”（这个地方，有一长串约三四十个词的信息完全无法辨认。）

“月球帝认为，人类保留语言的多元，是一件很愚蠢的事情。这给他留下极深的印象。‘人类想要沟通，却又无法沟通。’他跟我这样说道，然后有很长时间，他一直都问我一些关于战争的问题。

“他一开始有些疑惑，很怀疑的样子。‘你的意思是说，’他向我确认，‘你们在地球表面上到处跑——但你们却对开挖地球的财富无动于衷——只是相互残杀为了能吃到野兽？’

“我告诉他，事实的确如此。

“他还问了一些细节，借以充实自己的想象。‘但是你们的那些船只和那些可怜的小城市不会受到伤害吗？’他这样问道。我发觉他对财富和设施的损坏的理解就像是杀戮一样。‘再说说，’月球帝对我说，‘最好能让我想到一些画面。我很难想象这些事。’

“就这样，尽管我对这些东西很反感，我还是花了一些时间跟他讲了地球上的战争。

“我跟他讲了战争开始时的号令和仪规，以及战争中的警戒和最后通牒书，军队的调度和行进。我向他讲了军队的调配、方位以及参与的战斗。我还向他讲述了有关突击与突围，有关饥饿及战争的残酷，被冻僵在雪地里的哨兵。我也告诉了他有关溃败和突袭的情况，关于什么是负隅顽抗和渺茫的希望，关于对逃兵的残酷追捕和战场上一片阵亡的场面。除此之外，我还告诉了他人类所发动过的战争与大屠杀，有关匈奴和鞑靼之间的战争，以及十字军东征时穆罕默德和哈里发之间的战争。我在讲述的时候，菲欧在一旁翻译。月球人一边听一边耳语，他们的情绪也变得逐渐激动了起来。

“我告诉月球人，装甲船可以把重约一吨的炸药发射到十二英里以外，能够穿透二十英尺厚的铁板——以及人类如何在水下发射鱼雷。我又跟月球帝提到了马克沁重机枪的使用，以及我能想到的关于克罗索战争的一些情况。月球帝听得半信半疑，他打断了菲欧的翻译，让我自己澄清自己的叙述。他们尤其怀疑我在讲述战争时的呐喊和激动的场面。

“‘但是人们应该不喜欢战争！’菲欧翻译了月球帝的话。

“我告诉他们，人类种族视战争为一生中最光荣的经历，说到这里的时候，所有月球人都感到不可思议。

“‘但是战争又有什么好呢？’月球帝问道，仍然抓住这个主题不放。

“‘这个嘛，至于好处，’我说，‘战争能减少人口。’

“‘但为什么要发动战争呢——’

“他停顿了一下，清凉的液体喷到他的眉头，他又接着开始说。”

这个时候，电文出现明显波动。在加富尔所发出的电文一连串断断续续的波动中，这次波动尤为明显。他发过来电文的第一次波动会追溯到加富尔刚开始和月球帝说话的时候，加富尔所描述的沉默的气氛中所发生的骚乱。很明显，这些波动是因为月球辐射的缘故。而且，月球人在不断地让加富尔发出的这些电文受到这些信号的干扰，他们明显是在让某个发报员故意干扰信号，并使接收到的电文无法辨认。起初，这些电文很短，也很规律，我们不用费什么心，也会在没有丢失太多词的前提下破解加富尔电文的信息。但是后来，电文内容很乱，完全没有规律，这种不规律就会让人认为是有什么干扰的因素。有很长一段时间，从歪歪扭扭的电文里面，几乎读不出任何信息。然后像是在突然间，干扰又停止了。有那么几个非常清楚的词发了过来，然后又开始有干扰，像是要故意破坏加富尔企图要传递的信息。究竟是为什么会有这种蓄意的干扰，那又是为什么月球人还会让加富尔高高兴兴地发报而不阻拦呢？因为，很明显，他们可以在任何时候轻易阻止加富尔继续发报。这个问题我百思不得其解。情况就是如此，我也只能就这样讲出来。加富尔和月球帝的最后一段谈话，是从半截句子中开始的——

“详细盘问了有关我的秘密。我很快就理解了他的话，最后也总算解释清楚了他们为何在月球上未能发现加富里特物质。我自打认识到他们的科学有多么高度发达时，就一直为此困惑。我发觉他们把它当成一种纯理论意义上存在的物质，实际中无法被制成，因为不知什么缘故，月球上不存在氦元素，而且氦——”

在“氦”这个词的最后几个字母里，又出现一次想要涂抹掉的痕迹。注意“秘密”这个词，我把加富尔最后一段电文做这样的解释：他很有可能是想在电文中告诉我们某件事，我和温迪奇先生都认为，下面那份电文应该是加富尔发给我们的最后一条信息。

第二十六章

就这样，加富尔的倒数第二份电文就让人很不情愿地戛然而止了。似乎可以看见他在一片蓝光的照射下，坐在仪器旁，不停地给我们发报，全然不知他和我们之间已经出现了让我疑惑不已的通讯障碍；他也全然没有察觉到，在那个时候，危险已经一步一步在逼近他。加富尔缺乏常识到了极点，正是因为这个，他才落此下场。他谈到了战争，谈到了人类的力量与不可理喻的暴力，谈到了人类的贪婪的侵略与永无停歇并毫无益处的冲突。他让月球世界的每个月球人都对地球留下了这样的印象。而且，我觉得他应该表明了他坚定不移的想法——那就是会有别的人类抵达月球。以月球人会采取的残忍和毫无理智的各种手段，那么这一点是确信不疑的，加富尔呢，也许会突然认识到这一点。可以想象，加富尔在月球上到处游走，应该对自己面临的死亡威胁悔恨不已。这种感觉应该不断地在折磨他。在某段时间里，月球帝一定是认真考虑过这个新情况，并且加富尔依旧能够像之前那样到处自由走动。但是自从上一份电文之后，一定是有什么阻碍使他无法再接近电磁设备。有好几天，我们什么都没有收到。也许他又找到了新的听众，而且设法避免谈及之前所说的事情。可谁又知道呢？

然后，突然间，像是在夜空中的一声哭喊，这哭喊过后又是一片死寂。最后一份电文发了过来，这是所有电文中最短的一个，只有语焉不详的两个句子。

第一句话是："我都快要疯掉了，月球帝竟然知道了——"

大概中间中断了有一分钟。可以想象应该是外面有什么干扰。是他走开了——还是他在那昏暗的蓝色洞穴里，在那巨大机器的模糊影子里迟疑——又跑到机器跟前，这次他非常决绝，可是一切都晚了。后来他好像又迅速发过来几个字："加富里特物质制造工艺如下：用——"

之后只出现了一个词，看不出任何意义："uless"。

这，就是全部了。

也许是加富尔在匆匆忙忙中拼写"useless"的时候拼错了。这时，他的命运已经终结。后来这个发报设备怎样了，我们永远不得而知。无论是怎样的结局，我知道我们是再也收不到从月球发来的电报了。对我而言，我想象到的一个梦境也许能帮助我去想象加富尔的命运。在那样一个梦境里，我看到他在蓝光中，被一大群昆虫一样的月球人抓着，做着挣扎。这挣扎越来越无力，越来越孤立无援。月球人冲了过去，对他大吼大叫，恐吓他，最后打斗了起来。加富尔节节败退。他沉默无言，也看不到任何自己的同类。最后他被逼进了一个更加未知的世界——那是一片死一般漆黑又没有声息的地方。